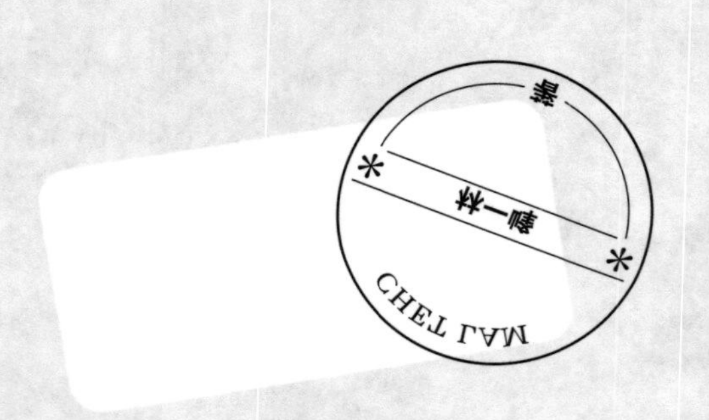

為何是你，為何不是你

*

· →

我是C，香港人，自由業工作者。

首先我需要說清楚一點：我並不是一個富有的人，但我會選擇花費在我認為值得的事情上，而那從來不包括一套昂貴的上班用西裝、樓宇按揭還款、名牌手袋……一段旅程，一個體驗，勝過一切用銀碼量度得到的東西。

這是我的一幅感情地圖。就像世上所有地圖一樣，沒有任何一幅是與事實完全相符的，一切都是量度的方法，看的角度，與繪畫的目的。

精密的地圖只能夠在軍事上派上用場，我們喜歡的地圖都是不太實在的、被美化的，是咖啡桌上順手拿來翻翻的世界畫集、是某一個公共場所內掛在牆上的一個世界版圖裝飾、或是一部著作裏面讓你容易墮入故事的簡單地理情況描繪；但是，無論地圖有多吸引，總不能把情緒與氣味都搬進去，偏偏，那是旅程最重要的靈魂。

就算不懂得看地圖的人也知道，世上兩個地方的直線距離，並不是實際上的距離，而每一條路線，你都要自己走過，才了解是甚麼一回事。

世上有些邊境很模糊，有些很一廂情願，也有些根本沒有必要。邊境是我們好奇心的界線，國界是我們對生命的控制慾；儘管世上沒有一條國界代表快樂，我們卻需要國界讓我們知道冒險的底線，以及所需要投放的時間與感情，最後無論輸了還是贏了，也好歹有個尺度，有個量度的方法，虛弱地證明自己曾經的付出。

關於旅行，在一個喜歡把價錢牌貼在每一個動作的社會裏，似乎大家最關心的是，究竟怎樣用最短的時間、最少的資源，去享受到最多。有些幸運一點的人，會用另一種方法量化所得：擁有多少朋友、多少情人，獲得多少功績、多少名利，回頭看有多少後悔、多少惘然。

用感情去記錄故事，時序很容易錯亂。世界上大概沒有如合約的時限一般斬釘截鐵的感情，就算一段完結另一段才開始，很多時候也不是雙方的共識，只要其中一方的起點終點不一樣，世界就會出現分岔，個別的人生就會有裂痕。如果再加上時差，過去式現在式將來式，分分鐘可以同時出現多個平衡時空。

說到愛情，這一刻你在想著誰？我幾乎可以肯定的說，你不會從生命裏第一個愛的人開始想起。愛過的人，時序不重要，重要的是在你心裏面的重量——快樂不快樂都好，都是重量，一旦找到第一個重量的重心，你的思路就會像漩渦一樣擴散，你的感情地圖也會是漩渦式的地圖，時空跳格的、重疊的、界線模糊的，但只要你找到重心，你還是一個全面的、完整的人。可以傷痕累累，但起碼完整，因為你的心讓你記得走過的路的重量，當你感受過虛無飄渺卻實實在在的心動，你才會找到重心，認識自己對愛的承擔，才可以覺得自己完整。

二十多年放逐式的旅行，究竟我浪費了多少里數和時間，成全了多少段感情，經歷了多少次落空？

究竟這些年來，這些旅途上總共有多少人？

最初的答案，是不夠人；

幾年後的答案，是兩個人；

最終的答案，是一個人；

從來，都只是為了一個人。

這是我用時間、里數、錯誤、幸運、犧牲了的工作機會與長期歸零的銀行戶口繪畫的地圖。或者我的路線與你的曾經交疊過，或者你可以從我的軌跡看到你自己。

怎麼量度旅程

如你夠勇敢的話

用愛刻劃

每事問究竟

怎麼量度愛情

就看看你敢肩負幾多的曾經

——

〈旅情〉，林一峰

那年我十七歲，大水牛單車很大，坐了上去只勉強踩到腳踏，駕馭它蠻吃力。從北京王府井大街一路踏往北京大學，對於一個香港青年來說真的有難度；我一直想念著一個人，把他變成我的動力，那一程就變得一點也不辛苦。

那時他十一歲，我還未夠十歲。跟家人回鄉兩星期，初嘗自由的滋味，跟頑童們四處遊蕩；一天，我看見園內有幾部比我們還要高的大水牛單車，其中一位哥哥說他能夠站在單車其中一邊的腳踏上，單邊駕馭著單車，上學、到市場都靠它，但很危險，不可以載我。我很好奇，想他證明一下，同時亦想藉機逃得遠遠，離開大人們的管轄。幾經哀求，他終於答應，先把我安頓在後輪上方本來用來放置輕盈行李的鐵架上，再用他超卓的駕駛技術，展開我們的歷險。大水牛單車首領、我，加上幾個村內的孩子，像《魔戒》裏的哈比人一樣遠征市郊，痛快失蹤，天黑還未回村，嚇得媽媽半死。

誰知，小孩失蹤事件驚動了村長，頑童們回村後當然要受罰。村長把所有錯都怪在首領頭上，但我的英雄只對我微微笑了一笑，繼續捱罵，沒有說是我慫恿出走的；我還未儲夠勇氣站出來認錯，村長就已經宣判發落，首領和小男孩當晚不准吃飯，對我則溫柔地問有沒有著涼，然後就走了；爸媽很氣，我在餘下幾天寸步不准離開家人。我滿心歡喜，那一刻跟首領有一種共患難的默契，之後幾天每每有機會碰上都互打無聊眼色，洋洋得意地守著我們之間的秘密。

從此，我就再沒有見過大水牛單車首領。不同的城市，不同的世界，都是意料中事，但自那次之後，我便愛上大水牛單車；只是，現在世界各地越來越難找到……沒關係，單車就是單車，一個實在地承載著你，陪你慢慢走過每段路，甚至會讓你沿著記憶走往上游的工具。

我的英雄，希望這些年來你都平安快樂。

大學二年級的暑假，我修讀的日本商業課程需要所有學員到日本三個月，在當地找一個家庭寄宿，學習日文與當地文化；整個暑期活動需要兩萬多港元，應該是可一不可再的機會吧。

只是，我在想：整個級別二十多人都做著同一件事，這有甚麼好玩？況且，這個暑期活動並不是課程指定必須參與的，花兩萬多元去做一些大家都做的事，總覺得有點太沒趣，太沒驚喜了。

有甚麼地方可以有驚喜呢？年少氣盛的我，用了完全沒有客觀邏輯的撇除法先把一些地方刪走：

一、歐洲：有錢才可以享受的地方，我沒錢，免問，而且我眼中的巴黎，只是鐵塔下穿得臃腫，仰著頭張開嘴巴拍照的傻瓜遊客，阿姆斯特丹則是過期美女在假風車與假花前，擺出最不自然的自然姿勢拍老土月曆照，不去也罷；

二、南美洲：太遠；

三、亞洲：太近；

四、非洲：太陌生；

五、北美洲：太熟悉……

藉口，藉口，藉口。

剩下一個大洲，夠遠，夠安全，最重要是機票與青年旅舍的住宿夠便宜——澳洲。我想不到，未見袋鼠之前已經看到餐桌上的袋鼠扒，在應該長年陽光普照的悉尼（Sydney）經歷了百年來最大的雨災，在墨爾本（Melbourne）第一次喝太多啤酒後踏單車回旅舍差點被車死，在達爾文（Darwin）的青年旅舍的公家廚房裏，我大口地喝錯洗衣液，吐了一天後苦味仍在口腔裏殘留三天，在袋鼠島（Kangaroo Island）過夜帶不夠衣服，哆嗦一夜後病了一星期……

在兩個多月的澳洲之旅，我碰到最多的就是英國人，全部二十多歲，有些還未畢業，有些畢業後還未找工作，有些工作了幾年之後小休一陣子，揹起行囊就到澳洲，一去就起碼幾個月。這是甚麼樣的生活選擇啊？

我不明白，只知道跟英國學生們一起混實在

很快樂。在南岸的海邊小鎮阿德萊德（Adelaide）的小酒館裏，跟明天就要離開的英國大學畢業生B閒聊，我笑問擅長模仿各國英文口音的他：「為何你不跟其他英國旅人一起到街角的 Irish Pub 喝醉呢？這不是每一個英國旅人入黑後的指定動作嗎？」

B用帶中文口音的英文對我說：「不急，往後五十年的晚上我很可能就是那樣子過，我還有很多機會啊。」

對於那一次背包之旅，我永遠記得有三件刻骨銘心的事：在愛麗絲泉（Alice Springs）紅沙漠那貼滿星星的夜空下睡覺；在凱恩斯（Cairns）一個樹熊保育區抱了一隻樹熊，我還記得尤加利樹葉的清香，以及樹熊慵懶地趴在我身上的瞬間，單是那三十秒已經值得了；還有，B離開了阿德萊德之後的第二天，我獨自一個人走到山坡上的草皮坐下，在盤算著所餘無幾的盤川時，納悶之際抬頭，看到不遠處 The Great Southern Ocean 海面上，有一頭鯨躍出水面。那是我一生人第一次看到野生的鯨啊！

旅行，就是為了那一瞬間。

「你並不是像你自以為的、一個尊重所有文化的人，你只是每次離開一個地方，都會沾沾自喜地覺得自己比其他人優越的自大狂而已！」這是我印象中對 J 說過最狠的話。

生命裏有幾個人你一定有機會遇上：一個滿足自己幻想的對象、一個第一次正式擁有最後卻讓大家不知所措然後就此分開的人、一個讓你明知道錯但勇於一試的……大概我頭幾段關係都是這三類人的總和吧。J，我的第二任，當年我們都只得二十四歲，雖然一起已兩年，但還沒有足夠的經驗去相處，更不用說經營一段關係。沒有經驗，沒有經營，更沒有量度，而最重要的，是不夠愛。

可能開始的時候是有一點點的，只是不懂經營的時候，一點點的愛很容易變質，就算不變質也會向不同方向成長。為甚麼會變質呢？每對戀人都有故事，而兩個當事人也必定有各自的道理，細節事小，態度事大，爭持到最後，只會變成只為一口氣，初衷都忘了。

事情進展每況愈下。年少氣盛，大家的日常溝通已經成為負面的競爭：爭一席之長短，爭說吵架時最後的一句話，爭誰在哪方面比較優越，爭誰知道得比較多，沒有理論的能力，灰飛煙滅也在所不惜。而我，只執著於：你最後一年的大學學費是我付的，那麼多次飛到曼非斯的機票是我辛苦用兼職賺來的錢買的，為了你我犧牲，沒有找固定工作，為了你我……我……我……

一起廝磨對方數年，到最後還在一起，只想到「我」，全因為不想認輸而已。

很長的一段時間，我只記得傷害；然而，總需要過那一關，方法就是開始提醒自己一些關於那段關係比較正面的東西：跟 J 在克羅地亞斯普利特（Split）享受過的陽光，委內瑞拉（Venezuela）北岸加勒比海的海風，一切全都跟銀碼沒關係；J 也因為我而放棄了很多，畢業後放棄美國的基地，飛到香港跟我一起；然後，我開始承認自己也有做錯了的地方，起碼我沒有體諒 J 人在異鄉的寂寞；

然後，我終於看清楚，固定的一份工作根本就不適合自己，沒有那兩年曼非斯的生活，我也沒可能有那麼多時間空間醞釀那麼多創作……

那一年，與 J 分手後，我的版圖慢慢開始真正的實現了。

起點四 —— 一支煙的時間

一切從一支煙的時間開始。

原本與 J 一起租的小房子，現在只剩我一人，這種從來未有過的自由讓人有點不知所措。分手後，美劇《色慾都市》（*Sex and the City*）是我的救生艇，每天晚上我就是靠看 *Sex and the City* 度過的。但是，救生艇也會有洩氣的一日，於是一個星期三的晚上，友人 F 把我從電視前拉扯到酒吧。

「今天是星期三啊！」我納悶著。

「你知道星期六不會有真愛出現的嗎？」F 一路拉著我走往上環蘇杭街的酒吧。

W—H—A—T—E—V—E—R ～～～

「有人刻意不看著你。」

「你在笑我看得太多 *Sex and the City* 嗎？」我笑了出來，然後看到吧檯的另一端，三個在聊天的人裏面有兩雙眼看過來，剩下的那一位低頭笑著，然後拿起自己的酒杯，向我輕輕一舉。

世上有一件事比回禮更不酷，就是急著回禮：我衝動地一手拿起 F 放在吧檯上的一包煙，遞向那個酒杯……M 的一個微笑，就敲定了我往後多年的生活模式、飛行里數與足跡。

「我第一個自己去的地方就是你家鄉澳洲啊，背包比我還重，你能想像嗎？三個月也走不完，我還未看過西岸，還未跟海豚喝醉……」一杯酒之後我帶點自誇地說著我的澳洲經歷。

「我很抱歉，你以後不需要去了。」M 認真地看著我說。

「為甚麼？」

「因為我已經在這裏。」

一個人到底需要多不要臉才能說出這句話？又或者，一個人需要多有信心才能說出這句話而不討人厭？

我一直弄不清，還是我不打算弄清，是 M 的時間太對，或是我的判斷太錯。我不相信星期六晚的緣分，但那是星期三啊！為甚麼星期三晚上也能碰上？為甚麼第二天早上剛好兩人都不用工作？為甚麼我們在任何方面都一拍即合？為甚麼短訊來回只要零點一秒的等候時間？希望戀愛的人，最喜歡就是穿鑿附會，只要有丁點的巧合出現，人就會發揮無窮想像力，企圖讓事件成立。

讓人心動的，往往都是小事，然後把對象的優點刻意放大：噢，一個窮小子努力讀書，長大後離開自己的城市，工作出人頭地然後被派往外地……多麼缺乏原創性，卻多麼讓我嚮往。M 大概是 J 五年後想成為的人，一些用社會標準來量度的成功。我承認，我刻意地把這麼普通的事情神聖化，而事實上這樣子的普通的確有神聖的成分在裏面：付出你的時間、守規則、犧牲自己的反叛、成為一個在制度內貢獻人生和提供其他工作機會給別人的人。其實世上有大多數人選擇這樣做，但又成功又快樂的不多，如今有一個活生生的在我面前，伸手可及，對我來說是頗新鮮的。

遇到自己認為對的人，對每一件小事都會想太多。只是，有一件最重要的小事，我沒有讓自己想太多：M 的另一半還在悉尼。那是一個很典型的

感情生活淡如水、想找藉口分手的故事，而我成為了那個藉口，也成為了介入一段五年關係的罪人。

「等我，下個月回悉尼我會跟他說清楚。」

我摸摸 M 左手無名指上的戒指，然後走出露台：如果一個人會為了得到一個「更好」的機會而放棄一個已經許下的承諾，這個人還值得你付出嗎？

日子過得很快，我們很忙碌，忙碌到大家手上所有東西都做不完，每天晚上卻有去不完的派對。當時間不夠用，就只會看到自己想看的：我看到 M 在陌生人面前的神態自若，一兩句話就打開了話題，輕易成為眾人焦點，卻從來沒有忽略我的存在；M 看到我甚麼都不怕嘗試的衝勁，對未來充滿信心的樣子。我們看到彼此都能令對方開懷大笑，我們審視這段關係，一切也從來未試過這麼對位，對得我看不到 M 無名指上的戒指痕，但看到了 M 的浴室內那支只屬於我的、已經存在兩個月的牙刷。

陽台上又只剩下我們兩個。用一支煙的時間，我們談到一起離開香港。

「紐約好嗎？」

「紐約有甚麼好呢？」我反問。

「*Sex and the City*、《人鬼情未了》、《蜘蛛俠》、*X-Men*……」

「《美式殺人狂》。」

「你變態。」

「知己才知彼。」

「就紐約好嗎？」

「等你從悉尼回來再算吧。」

我終於說了出口。

兩個月以來，我一直都沒有提起悉尼，說了出來大家就要赤裸面對的現實，還是不提好了；是避嫌也好，是不當做一回事也好，畢竟有些事情還是得靠當事人自己解決，我也不好再追問，更要給予適當的時間和空間。當天晚上，我決定回自己的家，卻開始想著去紐約的事；反正我最好的朋友 F

快要到那邊定居，是時候盤算一下去探望他的事。

兩個禮拜後，M從悉尼回港，一切都沒有變，只是左手無名指上的戒指又出現了。

接下來的三個月，我就在北美洲，除了回程的日子，以及三個月的生活費預算外，甚麼都沒有計劃，也不想計劃。

接下來的十個月，我們就這樣在對方的世界像影子一樣存在著，沒有見過對方的朋友，這個位置像距離岸邊不遠的一個浮台一樣，永遠都在，卻永遠不能讓誰久留。

接下來的十年，我們分開，再遇，期間相隔的時間從數天到一年多不等。

我們各自一直游下去，偶爾在浮台上歇歇。

駕車經過洛杉磯南部沿海，駛進山谷，看到大顆大顆的牛油果。聽說美國唱作歌手瑪耶茲（Jason Mraz）事業有成時，在加州買了一個牛油果園，我就下意識地在每個果園的入口，看看能不能看到他的蹤影。

為了離開 M 和香港久一點，我在美國逗留了三個月，看了 Jason Mraz 演唱會兩次：一次在芝加哥，一次在三藩市，而三藩市的那次，是我跟 T 的小小約定。我們在三藩市相遇，但兩天之後我得繼續旅程；在一個月分隔東西兩岸的電郵往來後，我們決定再在加州一起待一個多星期，看看事情發展如何。

T 開的是銀色奔馳四座位，老老實實又不土氣。我們從三藩市一路南下，聽著 Jason Mraz 和 Sarah McLachlan，經過的地方都綠油油的，彷彿我們一起的路也會暢通無阻。對啊，只要有信心、有決心，香港跟三藩市只是十二小時的飛機航程而已，我們可以兩三個月見一面，平時就各自努力工作，把所有時間都用在建立自己的事業上，見面時就更能享受相處啦。

加州的海岸是一條浪漫之路，陽光海灘海岸線，從海邊的 Caravan（旅行拖車）到六星級度假村也應有盡有，豐儉由人。幾天旅程，我們訂了大索爾（Big Sur）其中一間蜜月式的樹屋，裏面的浪漫場景設備一應俱全，火爐、浴缸、香薰、晚上能看到星星的玻璃天幕，屋外還有一個遠看近看都跟太平洋海岸線連在一起的無邊泳池。

有一天，我們開著車，T 說想給我一個驚喜。原來，是 Jason Mraz 買的牛油果園。我們開車經過牛油果園，沒有門牌，沒有 Jason Mraz，也沒有牛油果掛在樹上，但那五分鐘還是讓人挺快樂的。牛油果園就這樣安靜地擁抱著兩個熱戀的人，一直到日落。

在熟悉又親切的陌生人面前，我們都放心做自己想成為的那個人。很好的相遇，同年齡的人自有談得來的東西，倒有一件事讓我覺得不對勁：T 很喜歡吃東西，而且是會開車到老遠吃一個美食的那種程度。

我竟然忽然嫌棄T：甚麼？你的嗜好是吃好的東西？我最不在意的就是吃，只要能有足夠支撐精神身體的食物，讓我能夠去做更多的事，那就已經很完美了，生命中哪有那麼多時間拿來慢慢吃？

無論如何，那幾天晚上還是很愉快的。

結果，還是沒有結果。兩個快三十歲的人，決心當然有，腦筋也轉得快，可是，就是大家都覺得自己在事業及感情上可以有所作為，並沒有誰非一起不可；於是，從我回到香港那一刻開始，我就冷卻了下來，接下來，大家也沒有計劃下一次見面的大綱與細節。

覺得自己有選擇的人，又怎會嘗試努力經營一段關係？

「就白色 T-shirt 那個。去！」好友 F 帶著莫名其妙的興奮，把我推向舞池中央。不錯，我白天時的確提議，當晚上十二點我踏入三十歲時，我要主動上前跟我認為最好看的陌生人 say hi，F 比我更期待這件事的發生。

「Let me guess...Dutch?」

「Let me guess...Hobbit?」

我睜大眼睛，知道遇上對手了。「哈哈！對於你們荷蘭人來說，90% 的人類也是哈比人啦。」

「I'm E. Nice to meet you!」

「You too...」

E 是大學畢業之後就到倫敦闖天下的荷蘭人，眼睛小小的，說話沒甚麼表情，幽默感從嘴角洩漏出來，讓人永遠很想聽聽下一句。

一個香港人與一個荷蘭人在曼谷相遇，其中一個還要剛剛踏入三十歲，這樣可以是完全的巧合，我卻不希望是。三十歲的人，尤其是剛剛三十歲的人，有一種前所未有的衝勁，認為世上無難事

(哈。)，有決心有計劃就可成事(哈。哈。)；就算是單向的好感，只要堅持，就可以用真誠打動對方(哈。哈。 哈～～～)。這個決心佔領我在曼谷的思想，滋潤我在香港的時間，然後用三個月作助跑，把我用力射向倫敦。

「才第二次見面就給你鑰匙，下次我最少要向你求婚才夠啊！」E 把家裏的鑰匙交給我的時候，我們都有點覺得怪怪的，但之後都各自帶笑地挪開視線。

大學畢業，在倫敦工作七年，三十而立就買房子，我眼前就站著一個活生生的小伙子到大城市打拼成功的例子。來自荷蘭的 E 說話不多，工作勤勞，我來倫敦這個星期，E 只為我躲懶半個工作天，而主要是因為要告訴我出入的方法、特別鎖門開門的步驟，接下來幾天就不用理我了。果然，E 安頓好我之後就回去工作，我匆匆梳洗完就飛奔往上次來倫敦時尚未開張的泰特現代藝術館(Tate Modern Musuem)，最後在頂樓餐廳坐下來。

「那即是說，你越少時間跟我一起越好？Hmm...」看著下面的倫敦眼摩天輪（London Eye）轉動，我的思緒也跟著一直轉動。

第一次到倫敦的時候，我還是一個窮學生，一個人，還要是分手後的旅行：我跟我的第一任 A 分手了，我的第一次歐洲之旅就遺憾地變成了一次分手旅行。

作為一個三星期旅程的尾站，倫敦本來可以是一個遊樂場，但是除了忙於處理分手的痛之外，到埗之前還發生了一件事：我在捷克的小鎮捷克庫倫洛夫（Cesky Krumlov）的青年旅舍被偷了錢，大概三千元港幣。原本打算在匈牙利一間騎術學校花幾天學騎馬的行程需要臨時取消之外，跟著的倫敦之旅也需要變陣。

行程已經安排，平價機票改不了，就看看手上的資源，重新計劃：每天一百元港幣住宿，一百元港幣吃飯。但在倫敦喝一瓶水、吃一塊 Pizza 就盛惠六十元，其餘的就省來乘車與傍身。食物很貴，乘車相比之下更貴，沒關係，我就用雙腿吧：泰晤士河、大笨鐘、泰晤士河、西敏寺、泰晤士河、倫敦大橋、泰晤士河、海德公園、泰晤士河……沒錯，我就一直沿著泰晤士河走，把分手的悲傷用走路的方法慢慢甩走。

當年，倫敦泰特現代藝術館與旁邊的千禧吊橋（Millennium Bridge）還未落成，更不要說倫敦眼摩天輪，所以這次我第一件事就到泰特現代藝術館看展覽，之後一星期每天都會在六樓的咖啡廳坐下來，寫東西，俯瞰倫敦城，看著……泰晤士河。

咖啡室港幣六十元一杯咖啡？今天看來，濕濕碎啦，現在我一次喝兩三杯也可以啊，我驕傲地對自己說。

千禧吊橋跟香港赤鱲角機場大樓源自同一個總設計師福斯特（Norman Foster），這條橋對於一個香港人來說顯得又親切又遙遠，魚骨般形狀的建設，把泰晤士河兩旁的行人連起來。我的思想卻沿著河不停走到學生時代的點滴，以及那位屬於千禧年前的過去式——從英國到香港公幹然後決定長期居留的A；為了A放棄台灣音樂發展，回港勉強把大學讀完，第一次用鉅款三十港元為A買一杯外帶拿鐵。開始中環夜生活，都是因為A——說話充滿智慧，事業有成，見識過世界，有經歷，年紀比我大十歲，第一次讓我覺得自己正式戀愛的夢幻情人A。

「在台灣那麼好的發展機會，為甚麼你要回來？」一向充滿智慧的A問。

「因為你說話的字裏行間把『我』變成『我們』。」這是我沒有說出口的答案——「噢，因為我大學還未畢業，我希望先完成大學課程，再用別的方法做音樂。」這是我當下理直氣壯的答案。

「認真的告訴我，你畢業後想做甚麼？」

「我想做音樂，一年到不同地方旅行，不停創作，然後回來賺錢，再出發到新的地方。」

「你知道要在音樂行業熬出頭來有多難嗎？你知道現實和空想的分別嗎？Peter Pan也需要長

大，面對現實啊。」

那段對話之後幾天，我就被逐出 A 的家門。

A 的冷笑，從十年前夜中環的酒吧又空降到倫敦，雷電一樣落在我的頭上，然後像瘟疫般擴散整個城市，遍佈整個世界。我選擇走的路，多少是從 A 那句有心或無意的說話開始。A，你看，我現在不是做到了嗎？我就是你口中那些幸運的例外，我甚麼都有，我已經超越你的理解範圍，更重要的是，我不再在意你怎麼看。

泰晤士河的英文「Thames River」，發音好像「Time's River」——時間的河。時間是最好的證據，時間會給你最好的答案，時間會告訴你甚麼是最重要的，時間會把錯的人送走，對的人帶來，給你下一個課題，下一個目標。

倫敦，你會還我一個公道嗎？

從泰特現代藝術館回去 E 的住處，乘車只需五分鐘，但我決定沿著泰晤士河河畔慢慢走，一來可以趁著倫敦難得的好天氣，看看景看看人，二來我不打算太早回去——如果 E 一回家就看到我，就算我在忙自己的事情也好，都會顯得我太準備好，這樣溝通心切，隨時把人嚇跑。

那一刻，我很難怪責自己的戀愛心切：一到埗 E 就將大門鑰匙交給我，附帶一句「I'm all yours now.」第一晚我很早就回去，E 下班回來時那麼自然的說：「Honey I'm home.」如果語氣是故意雀躍，我就會自動把它歸納為純粹搞氣氛，但 E 的聲線平和自然，好像我在家已經是大家生活的一部分似的，又有甚麼理由不心動呢？

沒錯，我告訴自己，是因為要去巴黎跟在那裏出差的 F 見面，才順道提早一個星期來探望 E，但當然沒有人願意相信我，包括我自己。三十歲要胸有成竹，卻不能衝動啊！我當時是這樣對自己說的；只是我潛意識只記得「衝動」兩個字，往往忽略了前面極重要的「不能」。我聽人家說話，永遠只會著重用字，譬如「我不是怪你，只是……」，那麼說的人心裏其實在怪責你，才有「怪你」這念頭出現，前面加有否認意思的「不是」，也只是在掩飾而已。如果當時我成熟一點，一定可以有這個抽身冷靜一下的能力，我會提醒自己得沉著，好好想守住倫敦，僅此而已，其他的事不用問，不用努力，要發生的自然會發生。

沉著。

對一個白羊座男子來說，沉著是比登天更難的高難度動作，有多麼高的情緒智商，都會在眉梢眼角洩露出點點激動。我好好把興奮按捺住，讓倫敦春天的冷空氣平復我的忐忑，還繞道到附近的市場看這看那，坐在公園寫寫東西，把衝動消磨殆盡；晚上八時回去，E 已經洗好澡穿著 Boxer 在家看電視，見我回來，擁抱、問候、寒暄，還為我做飯，一切自然。飯後我去洗澡，一切準備就緒，到睡房時，我竟然聽到了：鼻、鼾、聲——Z—ZZ—ZZZ……

E 簡直是進入了昏睡狀態，就算有賊進來也不會察覺。我完全不用小心翼翼的起床，穿好衣服，站到廳中開放式廚房前，開始洗碗。

　　我在倫敦洗碗。

　　安靜的環境裏，碗碟的碰撞聲與水聲，就像亂了陣腳的英倫步兵樂隊一樣。

從紐約到倫敦飛機上的六個小時，我都在腦裏預演著跟 E 再見面時的情節。還記得上次離開倫敦，E 送我去車站，看來很憂傷的樣子，那實在讓我很訝異：那個憂傷不是幾天距離累積下來的結果，明明冷淡非常嘛。巴士離開車站時，讓我震撼的事情出現了：E 在抹眼角快要淌下來的淚水。

就是為了那個動作，我竟然沒有斷絕聯絡，而 E 也繼續在電郵裏幽默友善。

那一年，一個月內先後在加拿大和非洲有工作，要從加拿大到肯尼亞，得在歐洲中途轉機，所以，我決定再次探一探那個表情。就倫敦吧！只有十二小時的停留，我還預定了酒店房，萬一 E 有甚麼異樣，我也有路可退。再約好了，時間地點人物齊備，應該不會出錯。

結果，E 並沒有出現。在約好的地方等了半小時，手機沒有收到新的訊息，我知道，E 不會來了。這就是讓我一直懊惱的事情：明知道約好的人不會赴約，我也在同一家餐廳呆呆等了兩個鐘，一直想著自己出了甚麼毛病，居然可以設下這些低能的陷阱，讓自己當場墮入，還要沒有立刻離場，好像裝勇敢面對這個愚不可及的行為，可以讓自己的自尊得以平反，就算死，也沒有死得那麼難看。

上次我離開時從巴士上看著你，你明明是在哭的啊，你的電郵回覆明明是帶點幽默的啊，我們明明約好的啊……

在倫敦的十二小時很漫長，我回到酒店房，任由週末倫敦康登主街（Camden Street）的喧鬧淹沒思想。我還擔心了一會兒，是不是 E 遇上了甚麼意外呢？雖然已經很累了，可是我並沒有關掉手機，偶爾看看新聞，看看這天晚上倫敦有沒有恐怖襲擊或嚴重車禍，然後我冷靜地看書、聽歌，終於入睡了。

醒來時看看手機——沒有。E 沒有回應。快十二小時了，我繼續冷靜地收拾，想想是否應該報警。我要告訴警察甚麼？報警之後萬一真的有事，我能把接下來的工作怎樣調動，去配合警方的調查工作？正要行動之際，我收到 E 的短訊：「對不起，我不敢面對。」面對甚麼？面對我？面對自己？面對自己沒有赴約？還是面對你連解釋的氣度都欠奉？

我趕忙冷靜地乘車到希斯路機場（London Heathrow Airport），快快離開這個只有自己知道的災區，奔往地球上另一個真正的災區肯尼亞。做慈善探訪，有意義得多。

大家也沒有甚麼需要再面對。

倫敦，永別了。

候機室，兩個陌生人，S 跟我。

丈夫幾年前去世之後，S 一直到處走，這一刻她正在前往加勒比海。

「我剛剛賣了房子，準備航海半年。」

「那麼頻撲，你會累嗎？」我笑說。

「你總不能等待事情發生，必須主動找一些事情去做……你知道鯊魚嗎？牠不動就不能呼吸，沉落海底，我不想溺斃，所以我需要一直游下去。」

我們都一直在游，一直在游……

・吳哥、檐蛇、金蕉酒店

・→ 暹粒 SIEM REAP ・

從前我以為，到柬埔寨暹粒都只是為了吳哥窟。那年夏天，我一個人跑到那邊，在網上找到一間名為「Golden Banana」、充滿柬埔寨民族色彩的度假酒店。選這間酒店的主要原因真的很簡單，就是因為它的名字：金蕉。

進入吳哥窟的石廟陣前，你一定要清楚背後一些故事，不然每一個廟感覺都差不多。除非你是每年暑假日照最長一天，都會到英國著名的巨石陣（Stonehenge）吸收天地靈氣的通靈小寶寶，那你就可以盡情在古建築遺跡裏跟每一塊石頭說話，否則就要做做功課，買一本旅遊書，讀讀看。最理想的安排，是在晴朗的一天租一架單車，慢慢在銀鏡一樣的湖面旁邊，看著石廟的完美倒影，累時在其中一棵大樹下歇歇。

當然，城市人嘛，請一位篤篤車的司機大哥也情有可原，一天大概二百元包車，省卻的麻煩是事前不可估計的：不用理會泊車鎖車找吃找廁所，不用擔心突如其來的大雨，事後的泥濘遍地，日落後摸黑回城等種種狼狽。

在吳哥窟五天，我決定把自己的生活跟心情沉澱一下。從遠古遺留下來的帝國瓦礫中，看到不少殘缺裏重生的蛛絲馬跡；我們上一秒死亡，下一秒重生，這一秒，在活著。

我沿著泥路一直往前走，偶爾在倒影裏反思自己的每一步。

大城小子，慣了五光十色，為第一世界／發達社會要面對的問題煩惱，一旦放開感官去感受大世界，而且有一點點得著，是一個很難拿捏的平衡。畢竟我們生在和平的時代，悲天憫人很容易顯得造作；就算自己想得如何精彩、如何成為一個對世界有承擔的人，亦最好只靜靜地做，自己知道就好。

M 有一個強項讓我很敬佩：「Keep yourself to yourself.」沒有活躍在任何社交平台，沒有說要為誰做一點點甚麼，只安靜地生活著，做了對世界有一點點貢獻的片刻，自己知道就好了。如果不是我無意中看到檯面放著一封助養兒童寄來的信，我也不知道 M 一直低調地貢獻自己的資源。

柬埔寨人蛇問題嚴重，在城中滿佈有關社會良心的大型告示，圍著俯瞰數個足球場般大的「市中心」，裏面只有外國人夜夜笙歌；市中心旁邊有很多小店，當中有不少精緻的素食創作料理。

在每天傍晚我都會躲進市中心法國帥哥廚師開的素食餐廳，把整個菜單上的項目逐樣試完，意外地排了幾天的毒，修一修理自己；飯後走到中間的酒吧區喝一杯。

那個柬埔寨暹粒所謂的市中心，其實只是一個長期的市集，大約兩個足球場大的地方，樓高不過兩層，絕對只為遊客而設。沒有正式的大門口，但每條街的出入口都有看似半黑社會半警察的鐵馬保安守住，雖然只有一枝欄杆，沒有閘門，但感覺上這種守衛更拒人於千里——拒自己人於千里。究竟哥兒們用甚麼準則衡量你能否進入酒吧區呢？

外國人在嘈雜不堪的酒吧盡興，跟著 Jukebox 裏六十年代流行曲大跳大唱，我找了一家比較

I'll take off my favorite mask
You can tell me 'bout your past
You can trust me I won't judge you
By your words or how they're told
We can share our naked thoughts
Something more than truth or dare
Something only we both know
Lonely shadows in the night
And the moon is always right
Let it flow, let it flow, let it flow

——

That's How the Story Goes，林一峰

少人的，坐下來看完一本兒童小說——Kate Dicamillo 的《愛德華的神奇旅行》(*The Miraculous Journey of Edward Tulane*)，看著一隻只能看、只能聽，卻不能走動的陶瓷兔子，經歷不同主人的生命，最後兔子知道甚麼是離別的意義，甚麼是愛。在擾攘的旅客中，我安靜地看著這個兒童故事，感動得死去活來，卻沒有人知道，整個世界只有滿佈牆壁天花的檐蛇（壁虎）家族看著我。

我每天都是一個人進餐，但在柬埔寨，你從來不會孤單：檐蛇之國，檐蛇就是柬埔寨的吉祥物，千千萬萬吉祥物就這樣安安靜靜地攀在天花和牆壁上，盯著你，盯著你……

噢，檐蛇。到柬埔寨前，我這輩子也沒看過那麼多檐蛇。每天醒來，在酒店房二樓的半露天浴室牆上，牠們就靜靜的盯住一個地方，跟誰也河水不犯井水。任你是本地人還是遊客，黑社會還是警察，檐蛇都一概不歧視，看著你生活的每一根細微末節，你做甚麼牠們都知道：吃飯、看書、刷牙、大小便……餐廳、酒吧、廚房、洗手間，無處不在。房間多私密多清潔，牠們都會悄悄出現，你只能跟牠們好好相處。

最後一天晚上，回到金蕉酒店時，聽到有人在的泳池嬉水，是兩位帥帥的男生。我上前打招呼，請他們喝點酒，知道兩位來自墨爾本，一個是廚師，一個是教師，來這裏慶祝五週年紀念。「五年，有甚麼心得嗎？」我問。「噢，偶爾甚麼都聽不見就是了。」說完之後他們親親大家，一起看著我微笑。

有些人，你知道你永遠不會再見，所以你能夠放心跟他們說自己最私密的事。自吹自擂也好，自我放逐也好，甚至只接收別人的負能量正能量也好，就只限於這一個城市，這杯酒，這一刻，明天醒來時各走各路，生命裏再沒有接軌的機會，卻心滿意足。

天亮了，我回到自己的房間準備淺眠一會，才看見酒店在我的雙人床枕頭上，放了一梭毛毛香蕉公仔，感謝我在那兒下榻，希望我玩得盡興，下次再見。

不，這就夠了。

▪ → 香港 HONG KONG ▪

我跟 M 在咖啡室裏，看著我在柬埔寨拍的照片。

快門記下的不只是眼前的鳳毛麟角，它們更是一扇記憶的窗，記錄了攝影者看事物的角度與心情。在吳哥窟的每一個破廟石陣裏感受一陣子後，我就找一些奇怪的角度，把看到的拍下來，再往下一站去。

「有些景象會讓你不自覺地看得出神，把自己的靈魂交了出來，回過神來，希望把感覺捉緊，才發現有些東西並不能被攝進鏡頭。」我一直解釋自己拍照背後的思想。「可能是鏡頭根本不夠寬，可能是你根本不想把最完整的三度空間壓縮在一個框框裏，索性把最好的留在腦內，在有限的時間裏貪婪一點，把所有細節記下，待情緒平復後，再拍一兩張作日後提醒之用。」

「那麼喜歡鑽牛角尖……」M 笑說。

一直看下去，M 的視線在其中一輯照片裏停駐了許久：那個下午忽然雷雨過後放晴，天特別藍，泥地上滿佈小水潭，倒影清晰，湖面也特別清澄，反映出一座一座古蹟，我拍下了最少一百張倒影照，心情如不受任何東西干擾的水面般平靜，很滿足。看了良久，M 向我笑笑說：「還好，看來不是常常鑽牛角尖，但為何你一千張照片裏攝到人的不超過十張，而且都是遙遠的背影呢？」

我不喜歡人嗎？絕對不是，只是我更珍惜獨處的時間。沒有接近正面地拍一個人，也許只是巧合，但有一點更肯定：我喜歡倒影帶給我的提示，再換一個角度看看虛實難分的景物，把最冷、最硬的真相軟化。

「明天我就回悉尼兩星期了。」

「你還未收拾，我們回去吧。」我說。

臨睡前，我在浴室鏡子前問自己：堅守和強求有甚麼分別？ M 要回悉尼兩星期，我可以利用這機會斬斷這段關係，對大家也好。

只是，我看到鏡子前仍然放著兩支牙刷。

▪ 美人魚的約定

▪ → 哥本哈根 COPENHAGEN ▪

「美人魚你不要再離開了！」P 把一塊小石頭用力扔進運河裏，哈哈大笑。

冬天，我又到了丹麥的首府，那是我跟 P 第二次見面，一起在運河旁消磨了整個下午。投石的瞬間，是 P 在我面前笑得最開懷的一次。

幾年前的冬天，我們在哥本哈根市中心其中一家酒館相遇。我剛在哥本哈根無意識的走了大半天，當地人大概都躲進朋友家，參加隱沒在住宅區的私人派對。一個人也不認識的我，只能舉頭感受從高高窗框裏面洩露出來的幸福，別人的音樂，別人的笑聲，別人的煙酒，一切在寒風裏都特別刺眼刺鼻刺耳。

在歐洲，尤其是大時大節，如果你不認識任何人，是一件很孤獨的事。幾天以來，寒冷持續，我受夠了，決定提早離開，在火車站買了當天晚上的車票。還有幾個鐘頭就離開，我躲進火車站附近一間亮著昏黃燈光的酒吧：最後一晚，在嘉士伯的原產地喝一杯嘉士伯，跟這地方好歹有個了結。

「Good choice!」一個陌生人在吧檯跟我搭訕，一看他的衣著和特別晶瑩剔透的淺藍色眼睛，就知道是當地人，那就是 P。聖誕前夕，特別容易與陌生人喝酒談天，我們有一句沒一句的談起聖誕節、朋友、旅遊、感情……P 有著一貫北歐人的冷漠，適當時候說一說笑，讓你知道他與你同在。P 很有禮貌，送我到火車站去，我們還交換了聯絡方法。

從環境、居民到 P，哥本哈根一切都帥帥的，就是沒有讓我多留一陣子的理由，我也沒想過要回去。只是，那晚相遇之後，P 在電郵裏判若兩人，幽默熱情，很會逗人開心；我們同齡，同樣是白羊座，很談得來，於是，在三年之後，我特意跑到丹麥，看看我當天錯過了甚麼。

P 在火車站接我時，我確實感到有點奇怪：再見面又是冬天，P 樣子、身形，甚至髮型都跟數年前一樣，一切都沒變——包括兩個人之間的距離。難道是天氣的關係？電郵裏面的熱情呢？

哥本哈根比上次更冷，運河的兩旁靠近岸邊到水面都結冰了，我們一路走，一路保持著距離，沒有靠近，甚至沒有眼神接觸，就像兩條平行線一樣。P 也不苟言笑，有點冷漠，直至我們到港邊，看到美人魚銅像，他才開始很雀躍的告訴我，這個城市之寶——美人魚銅像夏天時被政府送了去上海世界博覽會，現在回來了。當地居民都很訝異，從一九一三年開始守護著哥本哈根的美人魚不能說走就走啊，所以美人魚回歸時，他們幾個朋友特意開了個小小慶祝會。說著說著，P 整個人開始暖起來了。

第一天到達哥本哈根，行程很簡單，就是 P 帶我徒步在舊城裏亂轉。哥本哈根冬天的冷我幾年前領教過了，這次做好了心理準備，但 P 的冰冷真的讓我有點措手不及。我心想，如果冰冷持續，就枉費了我一心一意來到丹麥，只好提前離開了。當然，我已經準備了後著——到丹麥中部的 Legoland 主題公園，只是掃了一個大興之後才去 Legoland，也不見得我可以安心去玩樂，所以當 P 整個人熱情起來時，我真的鬆了一口氣。

我在心裏感謝上海把美人魚歸還，我們繼續邊走邊談，離開美人魚，到超市買菜。我在蔬菜部看了很久，看到很多新奇的品種，隨便拿起紅蘿蔔旁邊的一根東西嗅嗅看：米白色，跟紅蘿蔔差不多形狀，頂部更肥末端更尖，要放下之際，P 興奮的說：「嘿！這是 Parsnip（歐洲白蘿蔔），我冬天必做的活動，拿幾根吧，我們回家玩玩……」說完就走了。

玩玩？！

P 一本正經地選購其他食材，我就拿了幾根 Parsnip，不清楚究竟應該相信他多少。好吧，既然飛了八千公里來這裏，就聽他的吧，有甚麼事就逃去 Legoland。

在單車之城沒有單車很不過癮，我更拿著一袋二袋食物日用品慢慢走到 P 家，看著旁邊瀟灑地騎著車飛過的本地人，感受著他們拂過的風……

「Fun time!」P 接過比我還重的 Parsnip，進門後興奮的走進廚房把 Parsnip 清洗、切片：「相信我，這比任何薯片都好吃，但要享受就要先勞動，我們來吧！」

Oh! Chips!

可能跟天氣有關吧，外面越冷，越顯得室內的溫暖可貴，更何況是等了三年的再遇，一起在新的廚房做飯，新的烤箱，新的手動研磨器……廚房的魔力真的不可小覷。

我們把一半 Parsnip 放進巨型烤箱做 chips，另一半做湯，很簡單的菜，很不簡單的快樂。

當天晚上，電郵裏面幽默熱情的 P 終於徹底現形了。半夜，大家都睡不著，我們坐起來，讓室內所有燈繼續關著，看著窗外的雨下成了雪。

在我們一起看過剛剛從上海回歸的美人魚銅像後，P 的冰冷就慢慢消失了，那意味著甚麼呢？我好奇一問：「如果他們再把美人魚銅像拿走，你會怎樣呢？」

怎料，P 突然不帶感情的小聲說：「我不喜歡距離，距離會殺死任何東西。」說後，他就走到廚房，把所有燈亮著，開始洗碗。

「你要多吃一點了，你這麼細小，很容易熬不過丹麥的冬天。」說罷 P 就分我一大份我們一起煮好的歐洲白蘿蔔大蔥薯仔湯。P 很吝嗇笑容，但就是趁你不以為意的時候顯露一點幽默，讓你知道他還是在乎有伴的日子。

「你只是比我高五厘米，而且身體脂肪含量是負二，你應該多吃一點才是。」我回禮。在他家的大廳中吃吃喝喝，度過了我們一起的第二天晚上。

關於哥本哈根，可幸我已經成功把第一次在冬夜一個旅人晃蕩在別人節日喜悅裏的冰冷記憶抹掉，我所記得的，都是 P 家窗外的風景，他深邃的淺藍色眼睛，我們興致勃勃一起做的蘿蔔 chips，新居廚房火爐旁的溫暖，兩旁結了冰的運河，美人魚銅像……噢，還有他的智能手機。

我認識的 P，至少我數年裏透過互聯網、電郵溝通所認識的 P，確實是一個反應很快的人，從他每一次都很快回覆我的面書、電郵就知道。而這一次，我終於體驗到他的極速反應：他的手機基本上是他身體的一部分，每分每秒都離不開，依照這個軌跡，不出十年，他的手指頭大概可以進化到兩手同時短訊、電郵、煮食、開車、駕駛穿梭機的發達地步，但身體其他所有功能卻同時退化。我不忍看到這個五官尚算端正的人變成外星人，所以頭幾天也有意無意的說笑，叫他放下手機跟我做別的事；只是，不一會他又拿起手機，而且每次放下和再拿起手機之間的時間越來越短。

最初一兩天，我覺得沒甚麼大問題，反正我們某程度上，都是離不開手機的科技難民。但是，我越想越不對勁，他每一次回覆不知是誰傳來的短訊，或者更新他的面書狀態時，就似是在用行動告訴我：你根本不是我的誰。對，我們根本不是對方的誰啊。

終於有一刻我告訴自己：好吧，我千里迢迢來相聚，現在這樣子的情況是一個很好的提示，省得以後 Long D 的煩惱。

「我明天想一個人到 Legoland 走走。」第三天晚上，我在飯桌宣佈。

P 把視線從手上的手機挪開，放到餐桌對面我面前的碟子上，然後輕輕說了一聲：「Okay.」隨即繼續看著手機。

Okay.

清晨起床，我獨自離開 P 的家，走往哥本哈根火車總站，走十分鐘也嫌太遠。原因並不是寒風徹骨，而是我真的希望盡快離開這裏，不想看到 P 再在我面前若無其事的打短訊，或是沾上他不經意流露的冰冷。在街燈裏，我不斷想起以前看過的廉價愛情小說經典語句：「世界上最遙遠的距離，不是生與死的距離，不是天各一方，而是我就站在你面前，你卻不知道我愛你。」

哈。哈。哈。

這次哥本哈根之旅，我在幾個層面上都可以冷笑……愛？連感情都談不上，哪裏有愛？我最不喜歡掛在嘴邊，聽到也讓我毛管直豎的字，竟然在這個異國的清晨在我腦中閃過。

其實以一個朋友的立場來說，P 對我也挺好的，起碼當他一知道我想獨自到丹麥其他城市走走，他就立即發了一條短訊給他在中部的 best friend，請他開著手機保持聯絡，萬一我遇上任何問題，都可以有個照應。為此我的心暖了一暖，但看看他繼續沉迷手機短訊的樣子，我要離開的決心就更加篤定。

我與 P 的交流，就在買車票前往比倫（Billund）時正式終止，我告訴自己：反正來到丹麥，跟這個地方也有一點緣分吧，不要像以前一樣，一遇到甚麼事不對勁就頭也不回的離開，要好好享受接下來幾天在這裏的時間。

丹麥的火車乾淨熟悉，而且很安——靜——，火車離開市區，八時左右，天慢慢亮起來，兩旁遠遠近近都看到風力發電的風車，感覺就像時光隧道一樣。在這樣的背景襯托下慢慢靠近 Billund 的 Legoland，心靜下來，我想起小時候一副很想得到的 Lego 模型。小時候家裏沒錢，亦因為不知道哪裏來的奇怪惻隱之心，我從來不會要求爸媽買東西給我……沒關係，現在整個 Legoland 在等著我了，而經過這麼多年的期待與盼望，這段旅程亦會更顯珍貴。

對，總有一天，你的付出會值回票價的，無論是生性小孩未懂知識先懂事，還是白癡男生千里迢迢尋找溫暖。

為甚麼為甚麼為甚麼……

從哥本哈根火車總站到丹麥中部比倫（Billund），三個多小時的火車車程裏，我不斷問自己問題——就算知道答案也沒有解決辦法的問題——為甚麼我要一而再再而三的飛到老遠，美其名為旅行，尋找不著邊際的故事幫助創作，其實心底十分渴望有比豔遇更實際的幸福？為甚麼多年後，我在 C 城市才明白當時在 B 城市 XXX 所說的某些說話的含義，又或是在 D 城市才後悔當天在 A 城市對 XXX 太狠？為甚麼十歲那一年我沒有像其他正常的小朋友一樣，任性一點，要求爸媽買那個 Lego 套裝？

火車有治癒的力量，慢慢離開一個地方，兩旁風景倒退，像是為自己進行清洗一樣，加上丹麥風車處處，由城市郊野到能源都那麼乾淨，這程火車是對過去完全的洗滌。我一面想像，過去大大小小的遺憾都落在火車駛過的路軌上，亦慢慢明白最重要的不是要一個答案，而是現在這一刻可以做甚麼。

噢，Legoland。小時候滿足不到的願望，一次過成全。用積木砌成的夢想，自然歷史、教育牧場裏像貓一樣大小會動的乳牛、激流旅程旁邊比大象還大的噴水龍、世界各地的迷你城市、村莊到太空站、上天下地的場景，一切都是從一塊積木開始。Legoland 裏甚麼都有，就是沒有一人成行的旅客，除了我。

半天後，我躲過小朋友的尖叫，走進 Lego 電影院。不難想像，Legoland 製作的電影是好玩的、合家歡的，四個角色各具性格特色，圍繞歷險、拯救世界等等，但我竟然被 Lego 電影裏一個老生常談的主題，影響了我之後的行程。

遇到困難的時候，不能一走了之，而最重要的是，沒有人能單獨成為英雄，一切都要靠信任和合作。我再問自己一個為甚麼：P 在我生命裏面出現，讓我甘心情願來到丹麥，一定有原因；我這一次要學習的是甚麼？

我決定離開 Legoland 之後，回到哥本哈根，跟 P 好好像朋友一樣相處。

在當下，能夠讓關係變得不再重要的方法，從來都很簡單；那是一個比賽，看誰更不在乎的比賽，而我令自己容易過關，然後得到最終勝利的，就是將眼光放在下一段關係上。

中環，路邊酒吧。

我給 M 看剛在歐洲拍的照片。我跟 P 從來沒有拍照，我也沒有拍 P 的照片，所以也不需要特別介紹。

「為何你的照片裏都沒有人？」M 問。

「你知道人會為所有事情增加幾多變數嗎？」

「那不正是有趣的地方嗎？」

「既然我要把某一剎那定格，為何要把變數加進去呢？」

「你去那麼多地方，應該很喜歡變數才是啊。」

「我不用到處走去享受變數，留在你身邊就可以了。」

日子就這樣過著。

有一天，在家收到一個從曼谷寄來的郵包，郵包裏面有一張手寫的卡，還有一條彩虹孖煙通，署名是 T！T 到曼谷旅行時買給我的手信，那表示甚麼？至少你還記得我，至少，你讓我會心微笑。

其實每一次到加州，我也想起 T，那條整個星期都暢通無阻的沿海公路，以及給大家盡情浪費揮霍的好天氣。究竟我們有沒有錯過甚麼？事業感情心情都安好，我還可以錯過甚麼呢？

一年又一年，加州繼續長年陽光普照，不過鮮綠色逐年減退，近年更接近旱災般嚴重，居民的家園前後，綠油油的草皮不再，政府還間歇性實施禁止在草地灑水；而我，已經好久沒有聽 Jason Mraz。

至少天氣還算好。

「放棄吧，對你來說他只是一個古蹟。」

那是閨中密友夢妮坦對我的忠告；她一看鋪在檯上的塔羅牌，已經不想多解釋，連勸我死心的力也不花了。

第一次與 G 遇上，是數年前的上海，當時我在那兒工作，一連四天晚上的工作完畢，我都與 G 相約在上海美術館旁邊的 Babarosa 酒吧聊天。基本上，那次公幹的所有精神，都給我花在那幾個相聚的晚上。

來自東歐馬其頓的 G 在維也納大學讀建築，輾轉到上海的大學當一年交換生，我又剛好在那裏，又剛好大家都有心情認識新朋友，又這麼談得來，我們都很努力相信世上沒有這麼巧合的事啊。當然，當時越逼自己相信的事情，事後都會越顯得一廂情願。

Babarosa 有四層，我們每天晚上選一個新位置，天南地北甚麼都聊。打烊後沿著黃浦江走，然後我送他回宿舍。

最後一天晚上，他說會跟我到下一站——杭州。我踏上火車，期待見面，沒想過下次真的再見面是兩年後，還要在維也納；只是，在維也納的他剛剛分手，我就成為了 G 的療傷專員。

「這閣樓是你自己建的？」我問 G。高高的樓底，他就睡在閣樓，我無意識地只想逗逗他，他竟然很認真的說：「對啊。」讓我意想不到的，還有第一次吃到別人親手給我做的意大利飯，用了的牛油應該比我有意識以來吃過的牛油多一倍。

可能是因為床是 G 親手搭建的原因，我們每天也離不開那張床，直到中午十二時多，距離日落還有幾個小時，才內疚地起床穿衣走到街上去，趕趕日光，不致把整天都浪費掉。我們確實沒有太多在陽光下做的事，我卻感到蠻實在的。香港努力的時間夠多了，何不讓自己享受一下糜爛，更何況有人陪伴。

Vienna，Wien，維也納。這個城市的英文、德文跟中文名字同樣優雅，整個城市的生活配套亦很充裕，城內佈滿大大小小的博物館和咖啡館。

我和 G 已經在維也納市中心的 Café Central 內消磨了接近兩小時。

「告訴我一點美好的事。」我攪拌著面前第三杯咖啡對 G 說。G 穿著一件淺綠色的短袖襯衣，在四周全黑的冬衣中顯得格外醒目。

「你。」他看也沒有看我，一面畫著他的原子筆插畫。

「我知道。」我努力裝作若無其事：「告訴我別的。」

「你在歐洲。」

寒冬裏，走在維也納的初雪中，如果不是 G 偶爾忽然陷入沉思狀態，心飄去了剛分手的另一半那裏，應該是我記憶中最浪漫的冬天。一天下午，G 的心又遊魂去了，我索性獨自去舊城行逛，走進國家美術館，從此知道我一直都不知道自己在尋找的藝術家：霍普（Edward Hopper）。

眾多新藝術家將 Hopper 的作品，透過他們擅長的媒介，用他們自己的方法重新呈現，把美國經濟大蕭條時期人與人之間的抽離和寂寞放大、強化；再看回 Hopper 原本的作品，我終於第一次看懂了比他的用色更沉重、濃得化不開的憂鬱，以及靜止裏的湧動。原來，我喜歡、甚至只相信寫實。

那天晚上，回到 G 的家，他出奇地開朗，反而是我不斷想著 Hopper 的作品，特別是自然與文明清晰卻沉著的分野。而我看得更清楚的是，我和 G 在任何方面都是兩個世界的人。

沒關係，這次我是來幫你療傷的。我這樣告訴自己。

注定的驛站

這是一個將簡單事情複雜化的良好示範：從奧地利維也納（Vienna）到德國波昂（Bonn），原本只需要九個小時的舒適直航火車，我們卻用了四種交通工具，共約十六小時才完成，原因就是希望一起看看斯洛伐克的首都布拉提斯拉瓦（Bratislava）。

我們拖著行李，先從維也納出發，坐上八十分鐘的火車前往布拉提斯拉瓦。她們是世上兩個距離最短的首都，只隔八十分鐘車程，足以將兩個世界分隔得差天共地：西歐和東歐，音樂之都和普通小鎮，超級昂貴和極度便宜……可憐的布拉提斯拉瓦也永遠比不上毗鄰國家捷克的首都、姊妹古城布拉格，天生注定只能是一個驛站。

傍晚時分，我們在已經打烊的首都四處遊蕩。G 帶我穿梭舊城區的幾個廣場，經過幾個在地面的銅像：真人大小，每個銅像都是一個普通人，做著普通的事。G 像上了鏈的機芯一樣，雀躍地為我介紹四周的小餐廳小酒吧，只是有幾個瞬間忽然慢了下來，然後看著別處不作聲。

我知道，他想起了剛分手的另一半。

都是那些故事。曾經與誰在哪裏走過一段路，在哪家餐廳說了些甚麼話，當天街角傳來甚麼音樂……曾經，曾經，曾經。

我沒有追問 G 的曾經。

一起走著，拍拍照，最後坐上計程車往機場去。歐洲有無數大小機場，也有無數航空公司，我們坐的是不設劃位的廉價航空公司 Ryanair，要先飛往德國法蘭克福（Frankfurt）的哈恩（Hahn）小機場，再坐三個小時公車前往科隆（Cologne）。

不，我們的目的地不是科隆，而是距離科隆半小時火車車程的波昂。

在公車上，又漆黑又顛簸，連書都看不了；納悶之際，G 忽然開口：「這聽起來也許會很怪……二十多年來，我從來沒有跟誰相處得像與你一樣自然。與你一起真的很開心，謝謝你。」

我正想講個笑話揶揄一下自己，淡化這個突如其來的感性畫面之際，G 就繼續說：「他真的很難相處。」

「別客氣。」我還能說甚麼？

我望向窗外，看著疏落的街燈規律地往後退。法蘭克福比維也納暖多了，我隱約看到一堆一堆融化中的積雪堆在行人路旁，靜靜等待著生命結束前最後幾天的來臨。

在波昂，我們在 G 友人 O 家中寄居幾天。

O 是當地的電台 DJ，與 G 一樣也是來自馬其頓，很高很瘦，顯得他租住的閣樓格外細小；對一個快七呎高的人來說，那閣樓是名副其實的小小天地。他堅持把大床讓給我和 G，說自己睡在另一邊就可以了：O 長長的手臂指向沙發上新買回來，還未開封的充氣床，匆匆向我們交代家中大小事情就上班去了。我們萬分不好意思，於是合力徹底打掃他家，然後拆開充氣床，花了半個小時搞定。陽光從天窗灑下來，我們寫了一張小紙條放在 T 的書桌上：「You're too nice to us, at least let us blow you... the mattress.」我們哈哈大笑，然後就出動到城裏吃飯。

經過維也納一星期的相處，我跟 G 已經建立了一個新的平衡：他是我寫作的思想沙包，我則是他的分手輔導員，如果不是大家也有一點點……well，寂寞，根本就是真正的同床異夢。可是，波昂的河流把那平衡沖淡了，我們沿著把老城分開兩邊的萊茵河走著走著，大家雖然都雙手插袋，步伐卻很一致。我們低頭看到大家都看著對方的腳步，發現大家眼中都有一種不可言喻的甜蜜。不過，那甜蜜只維持了一秒，小心翼翼的我，清楚不能成為任何人的療傷期代替品，我就板著臉問他：「我們走了已經快兩個小時了，甚麼時候才可以找到過河的橋呢？還有，剛才那個德國老婆婆在說甚麼？」

G 沒有給我嚇倒，還洋洋得意的笑了起來，告訴我：我們剛才問路時，婆婆不斷笑著強調路很好走……很……浪漫。

噢。婆婆的確很興奮，她打量我們的眼神也是善意的，只是我的防衛意識很強，不讓自己享受不會有結果的幸福感。G 忽然用梁朝偉才有的憂鬱眼神看著我，靜了幾秒，正要開口告訴我甚麼，我有點驚慌失措，因為他說甚麼也會有問題：說他的分手事件我會掃興，說我們之間的事我會崩潰。電光火石之間，我的腦裏浮出「危險速逃」四個字，雙腿自動加速前進，看到前面公園的石雕像群，把心思放在遠方香港朋友們的身上。

萊茵河，你差一點把我害慘了。

最後一天在波昂，我沒有理會 G，自己一個人一早起床到處逛。

有點故意的，我始終不喜歡說再見，還要是很長的再見。

終於找到貝多芬的故居。他的住處現在已經變成博物館，與波蘭那個蕭邦故居比較，有規模得多：遍佈三層樓的展覽館擺放著他用過的物件、樂譜的手稿、家族的人像油畫等等，地面還有電腦互動教材，介紹貝多芬的生平軼事，可惜我沒有心情細看。步出博物館，反而一個很滑稽的畫面吸引了我的視線：櫥窗內放了兩個真人比例的貝多芬石膏頭像，其中一個鬱鬱寡歡地看著窗外，他大概被另一個石膏頭像遭受的虐待氣壞了：另一位貝多芬被戴上了小丑紅鼻子，頭上還圍著紅色頭巾。

晚上跟 G 吃飯，我興奮地告訴他這個畫面。

「你知道嗎？原來貝多芬對朋友很好，脾氣卻很壞，有時會無緣無故的在聚會中拂袖而去，用力地關上門後就失蹤了，而且他十分沒有耐性……」

「明天我們就要分道揚鑣了。」G 打斷我的話，語氣帶點失落。「O 留在波昂，我回去維也納，你就去柏林。」

「希望不會又隔兩年才見面囉。」這種情況，只有用不痛不癢的說話打圓場，然後改變話題。

「我幫你收拾行李吧。」G 轉身離開餐檯，剩下我一個人對著兩套未碰過的餐具。

第二天醒來，我坐早班火車到柏林去；一個在西邊，一個在東邊，九個小時，又兩個世界。我喜歡坐火車，慢慢離開一個地方，平穩地一路向前，風景過了就過了，但你可以選擇在有限的時間內回望。

抵達柏林旅館，安頓好後我打開行李箱準備拿出浴室用品，但第一眼看到的，是一個小小的藍色膠袋，很明顯不是我放進去的。打開一看，是 G 的那件綠色短袖襯衣，以及一張對摺的 A4 紙，上面是原子筆塗鴉，還有一句說話：「Thank you for showing me another way.」

我看著 G 在波昂時偷偷放進我行囊的淺綠色 T-shirt，把心一橫，把它當作抹地布。

G 的腦筋轉得快，是一個讓你甘心笑著成全的聰明無賴，但我只專注兩件事：一，在維也納時 G 的友人 H（裏裏外外完全跟 Paris Hilton 同出一轍）問我喜歡的類型，我看看在旁邊喝酒的 G，H 立即鎖一鎖眉，極脆弱的搖一搖頭，流露出一副「何苦呢」的惋惜樣子；二，閨中密友夢妮坦塔羅占卜對我的忠告：「放棄吧，他對你來說只是一個古蹟。」

古蹟擁有有分量的歷史、受保護、展覽故事鋪陳的精緻，而且在你有生之年都不會大變，但問題是你永遠都不能入住，更糟糕的是，你不會是唯一到訪的遊人。

我用那綠色 T-shirt 抹地時有著前所未有的舒暢，心想，相隔六千多公里啊，一早就應該醒了啦。執迷帶給人快感，醒覺讓人安然，但還未過渡到醒覺之前，那種狀態會是興奮，自以為過了，其實未解決，才要推一把欺騙自己。

有些未完結的事情，總還有一天再來找你，甚至找上門。

兩年後，香港，該死的中環；我收到來自 E 的短訊：「你的左邊。」

不明白的事情何其多，不想再追究的事情更多；隔著千里與錯摸都能一次又一次見面，說到底都是緣分，既然來到了，好歹問清楚一些答案，起碼有個了結。甚麼結果也是好的，更何況是一個復仇的機會？

這兩年的日子濃縮成為兩個小時的動態更新，我在想，我的大方大概能令你慚愧吧，你越裝作甚麼都沒有發生過，我就越當作甚麼都沒有發生過，誰先提起就輸了。

當然，我輸了。

「為甚麼？」

然後，我最意想不到的事情又發生了：E 掩面而哭。

E 哭起來已經夠震撼，但跟著的說話更震撼：

「……我……我總覺得……你……一開始就是在玩……」

我在玩？我？

更不可思議的事情發生了：喇叭裏播出的從本來不痛不癢的 smooth jazz 變成幽怨的鋼琴 Ballad 前奏，接下來是陳奕迅的聲音：「頭沾濕　無可避免　倫敦總依戀雨點／乘早機忍耐著呵欠　完全為見你一面……」

這個機率是幾分之幾？一首關於倫敦異地戀的粵語流行曲，在我問一個倫敦人為甚麼爽約的時候播出來？〈不如不見〉？真的嗎？真的這麼準確嗎？真的需要這麼準確嗎？我忍不住真心笑了出來，E 看著我的眼神好像在告訴我：看，我一早知道你在玩，你由始至終也在玩。

「……像我在往日還未抽煙／不知你怎麼變遷／似等了一百年　忽爾明白／即使再見面成熟地表演　不如不見……」

我從來沒有想像過流行曲的力量可以這麼大，

把一個受害者一秒之間變成一個罪人。我實在百辭莫辯。看著 E 的兩行淚，我無言以對，當 E 的哭泣殺我一個措手不及的時候，〈不如不見〉已經極速把我腳下的地毯拉走，我聽到自己的命運應聲跌在地上穿過地板直奔地獄，除了笑之外，已經沒有其他更適合的反應。

那一刻的本能反應是：不能留下來，也不能跟 E 糾纏下去。這些不是我今天想要或需要處理的事，我沒有這個能耐去玩這種反覆的遊戲，你從來沒有說不，我也沒有強逼過你甚麼，我到底不愛你，但我由始至終都沒有存心傷害一個人，還有，我根本不需要對誰解釋⋯⋯

我變成了 M 嗎？

送走 E 後，我不能直接回家，出來酒吧拯救我靈魂的人，還是 F。

「可能上天一直在保護我⋯⋯」我說。

「可能上天一直在保護其他人。」

說再見只是剎那，過程卻可以很漫長。

「好啦，就是這樣啦。」我看著廳中唯一一個行李箱，它將會是 F 帶到紐約的最後一件東西；F 還在想著有甚麼遺漏，我走出露台透透氣。

經歷搬家多少次了，目睹的也不少，但這次不同：我最好的朋友 F，決定要從香港搬到紐約，從告訴我開始，到現在剩下最後一個行李箱，已經九個月。初步點算、收拾、搬屋公司來打點搬運、大件傢俱先飄洋過海、另外一組行李預先安頓好、找地方暫住，還有中間的聯絡、等待、安排，然後是到埗後倒帶一般再經歷一次……聽也覺累。我明白這個苦差，所以幾個月來我跟 F 只跟平常一樣，聊別的、做別的跟搬家無關的事；也可能是大家都捨不得別離吧，因此沒有掛在口邊。

有甚麼好不捨呢，再遠也只是一程飛機的距離罷了。我想，我們道別的並不是一個朋友，而是一個階段。把自己的落腳點移離最熟悉的香港，邁向另外一個人生階段，或多或少有重生的意思。我的忐忑，也許也是來自對自己的唏噓：身邊的朋友一個又一個的走，現在連 F 也不在了，為甚麼還留在香港的竟然是我？

別離不是最難的一關，別離前的等待才是。說再見只是一個儀式，不捨的話，時間永遠不夠長，既然是這樣，乾脆快一點；只是，別離後，繼續生活之前，還是需要一個過渡。

就用一首歌的時間吧。

那天送 F 到機場快線，約好甚麼日子在紐約見面，我就離開了；不想坐車，我決定從中環走路回去當時在大坑的家。我想，我很需要走一段路。

路上，隨身聽裏放著我一早預備好的一首歌，在目送 F 後，是時候了……

有些人失敗
有些人倒下
有些人永遠也不會贏
有些人為著自己相信的事情奮鬥
就像我和你一樣

你從來都是我那麼要好的朋友

一起度過狂風暴雨

當你在紐約的雪中感到迷失

撿起你的心

想起我

——

Snows of New York, by Chris de Burgh

說說自己的故事

療傷的好法子

還有意沒意改編了歷史

努力查探有沒有好對象

難放過每一張臉

才發覺自己都不夠專一

真有點諷刺

——

〈說說自己的故事〉，林一峰

既然我的日常精神生活都在中環，我索性在中環租了一個住宅單位；我的工作忙碌，社交生活更忙碌，新的人物頻頻出現又匆匆離開。B 在附近酒吧工作，暑假儲夠學費後就要到英國上大學，雖然我們一早知道兩個月的快樂總比甚麼都沒有好，暑假將盡時，我還是狠狠地難過了一場。

中環的家也見證過好幾段情緣：我跟瑞士來的 R 有說不完的話，在我家聊天聊到天亮，他就往機場去了。生平第一次收到花就是 L 來我家吃飯時送的，我一打開門，就看到一個還穿著上班西裝的 L，拿著花站在門口；可能那個畫面實在太浪漫，後來發生的事讓我萬萬想不到：L 忽然失蹤了，明明約好兩天後一起吃飯，卻從此沒有再出現。沒關係，當時我想，追尋幸福不應該孤注一擲，最重要的是：可以選擇。

我的家跟 W 住的地方很近。

說出來也有點不好意思：健身室的邂逅代表甚麼？很肉體的互相吸引，但絕對的神交關係；跟

W 相識五年來，偶爾短聚，在空氣裏火光霹靂，現實裏靜如止水，因為，W 有另一半。一起十二年的另一半。

我的天使慶幸世上還有 W 這類好人，會為了自己的另一半堅守某些原則；我的魔鬼則不斷慫恿我把 W 搶過來，既然永遠不會同一時間在 M 身上得到名分及時間，不如就從 W 身上偷一點吧。這種半復仇式的行為，連我自己想起都覺得羞愧，卻有賭博的快感：萬一搶得到呢？除了可以證明給自己看，得不到 M 不是我的問題之外，還附送一個有朝一日會中獎的希冀。

我們永遠要小心自己渴望得到甚麼。終於，W 分手了，第一件事就是找我。噢，真的中了獎，而且是多重彩：首先是 W 宣佈新成立幸福供應泉源的正式咖啡約會，跟著是草擬「慢慢來不想太急進」的實際協議，再來是訂下未來六個月的節目，跟著是由觸摸不到的火花變成忙著追趕失去時間的荷爾蒙爆發。荷爾蒙比興奮劑更厲害，激烈的何止是身體，還有與對方征服未來的長線投資——起碼W 是這樣想。

受寵若驚不足以形容我的感受。受寵是的，開心得來有點忐忑也是的，但之後的恐懼，竟然迅雷不及掩耳地殺我一個措手不及：「聖誕節做甚麼？」W 問我。聖誕節還有六個月啊！一個連下個禮拜週末都沒有計劃的人，你問他六個月之後的聖誕假期節目，是不是有點強人所難呢？不，不，不，我等了那麼久，而且還中了大獎，想一想自己今年聖誕跟 W 做甚麼應該是一件快樂的事。每一次戶外活動後，立即趕往 W 新購置的家中二人世界，也是我們雙方夢寐以求的事。我不斷提醒自己，W 是一個好人，我們好好感受預備修成正果的幸福感吧，不是甚麼也要跟我的，遷就的能耐直接轉化成甜蜜勳章，付出的心有人接收，我還想怎樣呢？

幾個星期就養成了很多戀人幾年、甚至幾十年的習慣，這不是我希望得到的嗎？好不容易有個等不及的人跟我看著同一個終點，不是我一直希冀擁有的生活嗎？「我爸媽 X 月 X 日從英國來，讓我們帶他們去哪裏哪裏」、「X 月 X 號《星戰》第 X 集上映，我們先買戲票吧」，計劃計劃計劃……

W 把心中「慢慢來穩定發展」的計劃濃縮在一個月內完成，高峰就是把家門鑰匙交給我的一刻。那天早上，W 如晨光一樣把他那像牙膏廣告般的招牌笑容灑在我的臉上，告訴我「我的家就是你的家」，那一刻我不懂得怎樣反應才算得體，只自然反射一樣說聲「謝謝」，然後大家都電光火石間意識到，要把那零點一秒的愕然抹掉，再說別的無關痛癢的東西。

當天晚上，我把工作放下，口袋裏放著 W 的鑰匙，重量以幾何式增長，我拖著自己的雙腿，一直走到我的避風港去。

M 就坐在我們的慣常座位，悠然地喝著啤酒。我看著鑰匙，再看看 M 微笑的臉，酒吧裏音樂聲頓時消失。我就是要擁有一把別人的鑰匙沒錯，但為何是 W 的，而不是……

為何是你？為何不是你？

「這不就是你一直渴望的嗎？」M 問。

「這是你渴望的嗎？」我反問。

沉默。我跟 M 道別，然後重複跟 W 的約會流程，直到六個月後的聖誕節。

W 的澳洲朋友在我家旁邊的大廈有一個單位，那是我第一頓正式的聖誕大餐。主人 C 一邊把紅梅醬汁倒在每個人面前的切片火雞胸上，一邊笑說：「做三天，吃一個月，你們不幫我吃多一點我就要每天吃同一隻火雞吃足一個月啊，哈哈哈……」

一陣恐懼湧上我的心頭，我的笑聲比在場另外七位朋友慢了一點，音調跟節奏都跟大家不同，多麼尷尬。火雞的淡，是因為曾經雪藏過，還是調味不足呢？抑或是我多年的期待比終於能放進口中更可貴，每吃一口就離最初的憧憬越來越遠？

對方家門的鑰匙、見家長、聖誕節火雞、聖誕樹……不是我一直渴望擁有的嗎？原來我一直渴望的聖誕，就是 Marks & Spencer 櫥窗的擺設，經過化學物品處理的松果香，掛滿「made in China」吊置裝飾的聖誕樹，永遠供過於求的紅莓醬火雞，那個從教科書得到有關聖誕的希冀，終於那麼實在，卻那麼不實際。

大家飯後還聚在餐檯，W 一直在檯底握著我的手，我則一直偷看牆上的掛鐘。

那個聖誕，我給自己的禮物，是一張去蘇黎世的機票。

瑞士的天氣，春夏秋冬齊備，所有季節分明，但就是夏天最短。在湖邊戲水，在山嶺奔跑，在牧場數羊，星夜漫步……所有你想像得到、最愜意、最健康、最陽光的活動，都會在瑞士的夏天出現，包括陽光的人。

R 如孩子一般的天使式笑容，是一個瑞士夏天的印記。來來去去，來來去去，一年來不下五次，我為了瑞士夏天的笑容，一次又一次橫越來回一萬四千公里，感受屬於我的夏天。在漫山開滿小黃菊的山頭，剛過了五月花粉紛飛讓人嚴重鼻敏感的春天，實在是一個人間天堂；瑞士的高山還要是舉起手就可以觸摸得到天空的高度，讓我覺得沒有甚麼是不可能的。

「朋友說這隻狼是我……」R 拿起櫥窗裏的狼毛公仔，牽起它的綿羊頭套，把它放在自己的臉旁邊，露出潔白得有點過分的牙齒。

「那你要花很多努力證明給我看啊，瑞士糖！」我不以為意，繼續在蘇黎世這家古董玩具店閒逛，從櫥窗玻璃上看到自己的笑容，身後的 R 像個小孩一樣小心翼翼把綿羊頭套重新包在狼頭上。R ？一貫瑞士人的純樸，帶點天真，我實在很難聯想，這個泛著粉紅色的臉龐可以怎樣藏著一隻狼；我再看看那隻狼毛公仔，那個裝壞蛋的表情也實在有點好笑。

瑞士本身是一個很安靜的地方，冬天的瑞士，尤其是剛下完雪的城市，入夜後簡直是郊區一樣，只是沒有蟲鳴，白雪把所有聲音完全吸收。我們在童話一般的舊城區小路裏上上落落，沒有說太多話，偶爾看看對方，暖暖的呼吸變成看得到的水蒸氣，在冷空氣中消散。

「那你覺得我應該接下阿姆斯特丹的工作嗎？」R 誠懇地問，瞳孔反映著昏黃街燈。

「二十九歲，是時候到外面闖一闖了。」我想起第一次碰到 R，在香港的酒吧，匆匆一面，然後在我當時中環的家徹夜長談，到天亮 R 才離開。如果不是 R 決定到東南亞旅行，看看世界，我們也不會碰上啊，肯踏出去，才會有好事發生。

也就是那一夜，我才會兩個月後跑到瑞士來。匆匆忙忙，我一直相信旅行是不能停下來，直至跟 R 在瑞士相處，我才想，停下來也不是壞事，起碼可以感受一下雪中的安靜。我飛到瑞士，再到土耳其，然後趕回瑞士跟 R 經歷安靜，從蘇黎世到中部雪山安德馬特（Andermatt），消失在城市空氣中的呼吸，變成雪山旅館窗戶上火熱的水蒸氣；R 甜甜地睡去，我走到窗邊，用手指在蒸汽上畫了兩個火柴人，看著窗外厚厚的積雪。

R 是瑞士人，說的卻是 High German —— 標準德語，並且為此沾沾自喜。

我不懂德語，對德語系國家的語言習慣更只是略知皮毛。到瑞士那麼多次，通常都在中部的德語區活動，對東南部意大利語區和西邊的法語區不怎麼熟悉，對最偏僻、最少數的古羅馬語區，就更加完全陌生。R 跟我解釋說，其實 Swiss German —— 瑞士德語是鄉下話，有很多用字和語法是跟標準德語是完全不同的，德國人不會明白。為了方便溝通，很多瑞士人一入學校就會學習 Swiss Standard German —— 標準瑞士德語，但那也是跟標準德語不一樣的啊。

「其實說德語都好像吐痰一樣啊，為甚麼不乾脆一點全世界一起學習標準德語呢？」我帶點輕佻地說說笑，但一出口我就知道說錯話了：我冒犯了一個瑞士人的尊嚴。

R 顯得有一點愕然，然後說：「哈哈，我們要自己獨有的語言嘛。」R 笑笑，攪拌著面前紙杯裏的咖啡。兩情相悅的人，一切好辦事，甚麼也不會有問題——至少當下不會因此翻臉。

「不過現在，我要跟你說瑞士古羅馬語了……」火車快抵達終點站庫爾（Chur），法國最古老的小鎮。R 改變話題的動機太明顯，我有點尷尬，但眼前一切實在讓我恍如置身童話國，而童話國是拆解不到複雜情緒的，我們一同開著了天線去感應幸福，或關掉了對世界的任何質疑。

清晨就要離開全城鋪著白雪的蘇黎世。R 與我打賭，我之後去的每一個地方都會有雪；如果 R 贏了，我們就要再見面。

「如果沒有成真呢？」我在暖暖的廚房裏望著外面的風雪，想著這樣的打賭，真的很不切實際，心中有點忐忑。

R 笑而不語，把目光放到樓下靜默的鞦韆上。

二月，全歐洲被風雪橫掃，丹麥哥本哈根市區積雪三呎。一向不受打擾的阿姆斯特丹、倫敦、巴黎等大城市都因為沒有為應付大風雪而建的設施幾度癱瘓。可幸的是，我每次都在事發前抵達，享受了一切被初雪覆蓋的寧靜，亦在城市失控前順利全身而退。這些戲劇性的風雪，與風雪中的溫暖，讓我過了一個超現實的漫長冬季，讓我能抓住一些現實證據的，竟然是與 R 的一個打賭。

回蘇黎世前的最後一站是土耳其的卡帕多奇亞（Cappadocia）——國家中部平均海拔一千米的高原，千萬年來火山把熔岩一層又一層的瀉落土地，風雨和地震充當時間裏最有能力和能耐的陶藝大師，把方圓四百公里變成世上其中一個最神秘、最奇特的地方。

抵達那天，太陽熱剌剌的，萬里無雲的藍天，應該不會下雪了。

接下來幾天，舉目就是延綿不絕的奇岩幽谷，陽光從不同的角度灑落，為波浪狀的岩石譜上不斷變幻的顏色：白、粉紅、暗紫、淡綠的山嶺中，每隔一段路就有一個由數個蘑菇形狀的岩窟組成的小社區。那些蘑菇頂端呈圓錐形、尖帽形，有些更有不止一個頂，像白蟻窩一樣佇立著。卡帕多奇亞位於絲綢之路，相傳當年商人們路過時看見岩窟裏有異樣，以為是精靈住在裏面，於是就把這些巨人國白蟻窩岩窟叫作「精靈的煙囱」。

奇石不只變作精靈煙囱，還暗藏了三百多個如迷宮的地下城，錯綜複雜，由通風、儲水到煮飯煙管出路，都有完善規劃，不會被敵人發現——此乃行軍必經之路，常遭外敵入侵，古時居民得隨時躲在洞內，動輒數個月；岩石裏的世界永遠存滿糧食及用水，還有牲畜、教堂、修道院……

在這超現實的精靈國度，最重要的教誨是：隱藏。由古到今，裏裏外外，這兒的人都有著自己的一套生存方式，不須與外界有溝通。這幾天的陽光把整個冬天的雪都融化蒸發了，直至我在 internet café 裏收到一個來自蘇黎世的電郵。

是 R 寄來的。附上的照片，是後花園靜默的鞦韆旁邊的空地上，一個用身體大字形躺下，像拍翼般揮動雙臂後留下來的雪印。

最後，來自蘇黎世的雪天使，把我從超現實場景中帶回了現實。

每次我告訴朋友我會到阿姆斯特丹，他們都會輕輕吸一口氣，然後微微牽起嘴角，眼睛瞇一瞇看著我，要讓我知道他們是「故意」不拆穿我的。

「癮真是這麼大嗎？」

任我誓神劈願也好，大家都不相信我多次去阿姆斯特丹不是為了全線合法化的大麻。二十二歲在當地 coffee shop 試過一根大麻煙，遭遇瘋狂頭暈腦脹災難式 overdose 後，我對它從此避之則吉。我嚮往荷蘭全國路路通的單車徑，從南部最古老的小鎮芬洛（Venlo）、中部特產陶瓷城市烏特勒支（Utrecht）、西部貨運港口鹿特丹（Rotterdam），到最北的幾個小島……全部都可以騎單車到處遊蕩，更不要說離阿姆斯特丹很近的芝士小鎮艾登（Edam）、豪達（Gouda）、延綿千里的水鄉 Broek-in-waterland、老土一點但一定要看的風車鎮贊丹（Zaandam）、花季的利瑟（Lisse）、萊頓（Leiden）等等。

「我去荷蘭的目的是為了單車啊！不像走路的

慢，也沒有乘車的快，每一步都要靠自己雙腿慢慢賺來的快樂，是無可比擬的。」我在 R 蘇黎世家中的廚房，興高采烈地說荷蘭有多好，同時也為 R 高興，大家更開始為兩個月後搬到那裏而準備。

「藥廠給了我幾個住宅選擇，我們應該在哪一區安頓呢？」被派去荷蘭工作一年的 R，每一次都會說「我們」，我說：「這是你的事業，一切以你方便為主嘛。」R 瞪大眼睛笑說：「當我去上班的時候，你可以到附近的 cafe 或公園寫歌，這樣遷就大家才公平啊。」

說罷，我們從露台把啤酒拿回大廳，開兩瓶慶祝一下；剛下完雪，外面不太冷，露台變成天然冰箱，我們在室內的暖氣下繼續計劃將來。

已經先後三次來瑞士跟 R 相聚，經過火花四濺的熱情、重點相處、愛情邏輯推算、性格分析、行為推理，以及探險精神驅使下，我們對未來似乎十分肯定。我們一路勇往直前計劃可見的將來，我心想，R 三十歲，我三十四歲，大家都是三字頭，自覺過了魯莽的年紀，又負擔得起一點點衝動拍板的刺激，畢竟太小心翼翼就寸步難行，況且，不趁現在，還待甚麼時候？這不就是我從二十歲開始就嚮往的生活嗎？還要是瑞士跟荷蘭啊！

幸福，是要靠自己掌握的，而且要徹底付諸實行，所以我回港第一件事，就是把中環的房子退租，準備正式開始旅居的生活。我想，關於阿姆斯特丹，每一次去都越來越愛，而且多年前第一次去的時候已經成功過渡了慘痛經歷，命運終於不再跟我開玩笑了，在我還未經過太多錯的人之前，派了一個 R 在對的時間來，這下我需要把握了。

當我告訴朋友們下個月就搬去荷蘭，打算隔兩三個月就回港一次努力工作，他們第一個反應跟平時一樣：「你常常都不在香港的啦，有甚麼分別？」

「我退租了。」

大家沉默。

「R 是很認真的。我們都是很認真的。」

大家繼續沉默。

「你有哪一次是不認真的呢？」

「這次不同啊……」

「飲啦！」然後，朋友L輕輕吸一口氣，卻沒有牽起嘴角，眉頭一皺，淡淡的說：「癮真是這麼大嗎？」

甚麼是家？

　　那麼簡單，卻那麼難回答的問題。

　　我想，回答這個問題本身並不難，但要你自己心滿意足、然後努力去守護的答案，才是最難的。

　　M 說，不知道我要的是甚麼，如果是山丘上的小屋那一類的幸福，就一定給不了。那不就是一個家嗎？

　　我的家，從來都不可以用數字作量度單位；如果你在那個空間裏面沒有付出過，沒有經歷過，管他幾多萬一平方呎，也不算一個家；所以，到現在我有時還會想起那間板間房，只有一百五十平方呎的小天地，就是我第一個自己選擇的家。那一盞從宜家傢俬買回來的一百多元港幣半月形掛牆塑膠燈罩，就是我的明燈，一個幸福的證明：她見證著我第一次搬出來一心經營一段關係，同時看著一間屋由兩個主人一夜之間變成一個主人；她對一些過客看在眼內，卻從來不發一言，當我每次事後充滿愁緒看著她時，她也只是默默的亮著，適度地安慰著我；她柔和的昏黃燈光明白我從來都不願意看得太清楚。

一盞微不足道的小明燈，原來能代表那麼多；她就是一個我的私人里程碑，旁觀著幾千個夜晚的孤獨或幸福——甚至是孤獨的幸福。

月光燈見證著 M 第一次冷冷的對我說：夠了，我們到此為止；然後，在銅鑼灣的第二個家，她默默看著 M 再出現，再離開；在中環的第三個家，又重複同樣的劇情……

搬去阿姆斯特丹之前，我終於跟她說：謝謝妳多年的陪伴，歐洲電壓不同，妳還是留下來照亮有需要的家吧。

世界再大，就算多遠也只是一個決心，一張機票。而當兩情相悅是一種那麼可遇不可求的幸福，多遠也不算遠，多渺茫也值得豁出去試試看。於是，春天時，我正式搬到荷蘭。

完成手頭上的工作，用飛行里數換來的商務機票直飛阿姆斯特丹。從來我都喜歡轉機，在中轉站逗留一會看這看那之後才再出發去目的地，但這次不同，每一分每一秒的等待都是煎熬，我只想盡快到要去的地方。

這次真的很不同：我不再相信那些自圓其說的一廂情願式的「注定」。經過 E 一役，我完全把自己調整到小心翼翼的狀態，知道一切的緣分，其實都只是巧合，就算很多很多巧合加起來，也只是巧合而已。我不再將巧合放大的同時，也清楚「路，是人走出來的」這個道理。我相信的是計劃，是行動，是意志力，是三十而立，是一個憑努力就可以換到的將來。

既然努力可以把我帶到這裏，我相信宇宙裏的粒子都能夠感受並且轉換我的能量，在求仁得仁的感情世界有同一個效果，下一個好好的賭注。

我還在用方法說服自己的時候，R 已經從瑞士搬到荷蘭。無盡的 Skype 對話，天南地北，讓我們覺得這七千公里的距離不算甚麼；對於阿姆斯特丹已經很熟悉的我來說，出入完全駕輕就熟，由史基浦機場（Airport Schiphol）去市中心最快只需十五分鐘，加上我已經擁有當地乘車的經驗與儲值車票，快上加快，只是從出機場到 R 家門的半小時，對我來說都已經太長。

輕便鐵路四個站，下車左轉第一個路口右轉看到電梯就上四樓開門第一間就是，給我的鑰匙放在門口地毯底下，入門口我就看到餐桌上的一束鬱金香，花瓶底下有一張紙條，旁邊又有一把鑰匙。紙條上面寫著：「你的單車放在樓下。」

R 為我買了一部單車。

荷蘭是一個很小的國家，甚麼境內的城市都可以即日來回。

在花季的萊頓（Leiden）與自己喜歡的人一起在陽光下踏單車，沒有比這更美麗的事了。無盡的花田，浩瀚又脆弱的感覺，讓我想起兩年前到冰島看活火山的一幕。

「請大家再看看剛才我們經過的小鎮。」旅遊車上嚮導輕鬆自若地透過單聲道咪高峰跟我們說：「上面的火山隨時會爆發，這次隨時是你最後一次看到它啊！好，我們繼續往下一個瀑布出發……」

嚮導Q的眼睛一直看著前路，沒有理會我們整車人的錯愕。我們當然知道冰島的活火山有機會爆發，只是沒想過當地人能把這些自然界的大災難看得如此淡，如此平常。

那是我某年的夏天到冰島參加當地旅行團的其中一幕奇景；離開冰島後，更奇的事發生了：冰島破產。兩年後，竟然還有更荒謬的事：冰島南部其中一座火山真的爆發了，而且牽連甚廣，火山灰蔓延到歐洲上空，航空世界癱瘓，所有我們預計好的精密活動，頃刻變得一塌糊塗。

那個禮拜，全歐洲的話題都圍繞著火山灰：「嘩，幹嗎你的地板這麼髒？！」、「噢，這是火山灰……」

政治漫畫常常拿冰島破產開玩笑，瑞士的報紙上畫了一個冰島政要，虛擬獨白寫道：「如果你們不卸除我們的欠債，我們就不會拿走空中的火山灰。」

「他們還有好幾十個活火山啊，這下冰島可要翻身了，哈哈哈哈……」、「不如連死火山都叫醒吧，那他們就成為歐洲最強了！」、「到時歐羅都要換作冰島貨幣了，呵呵。」

陸續收到各路朋友的消息，有幾個滯留倫敦，被迫多享受一個星期的假期，在 Facebook 上報平安，為被阻延的公事重新安排時間表和細節；原本要到歐洲度蜜月的情侶得臨時改地點；而我，在北歐大陸其中一個單車國——荷蘭，每天在陽光下踏著單車，不時望著天空，看看有沒有黑雲湧至，卻甚麼異樣都沒有發現。

真的嗎？宙斯只打了一個噴嚏而已，我們就落得這樣狼狽。運河兩旁盡是積木般精巧的三四層尖頂房子，腳下就是比水平線低的異國國土，只要隨便哪位神祇忽然再伸一個懶腰，再打一個呵欠，我們又會如何招架呢？

想起冰島南部那個沿海小鎮，以及 Q 的說話；似乎不只那個小鎮，眼前每一個都可以是你最後一次看到的景致。

我繼續踏著單車，切實地感受著每一下踏輪，每一抹陽光，眼前驟落的櫻花，比現在生命裏的人，以及記憶裏的愛，都顯得更珍貴、實在。

不用太多愁善感，下次再跟 R 見面只是六個禮拜後的事，況且我還未離開阿姆斯特丹，現在儘管享受沒有火山灰的天空，和跟愛的人一起回家的感覺吧。因為明天我就會到克羅地亞走走，看看上次因為沒有錢而錯過了的寶石——南部海港古城杜布羅夫尼克（Dubrovnik）。

與意大利相對的彼岸，杜布羅夫尼克（Dubrovnik）有「亞得里亞海之珠」（The Pearl of the Adriatic）的美譽，為東歐一個超級熱門的度假勝地。從機場到古城的半小時車程上，冰藍色的海水把人心淨化，車子拐過沿海一個又一個灣，直至看到市中心的圍城：千年圍牆聳立在海邊，裏面有完整的小社區，所有屋頂都是由橙色的瓦片砌成的。

歷代有不少劇作家和詩人旅居於此，亦是因為她的美麗祥和，由七世紀的拜占庭帝國，十三世紀的匈牙利王國，到十五、十六世紀全盛自治時期的拉古薩共和國，有多少戰事、地震，全都對她網開一面。就算一九九一年，克羅地亞共和國宣佈獨立後，在塞爾維亞的殘餘部隊南斯拉夫聯邦軍對她發動侵略，她的死傷也屬少數。

有甚麼樣的氣質讓杜布羅夫尼克古城受盡眷顧？沒有到過裏面走走的人不會明瞭，但最迷人的，是她的城牆：外面是澄澈的亞得里亞海，裏面是有著教堂、政府議會、音樂廳、噴泉、小餐廳、此起彼落的街頭音樂、咖啡店的黃金小鎮，城內千迴百轉，小小山城角落藏著不少文化寶藏。在充滿歷史傷痕的小世界裏，住著不少老人，打開窗戶晾曬衣物，過著恬靜的生活。

城牆開放給遊客，日落時分在上面走著，一個小時的旅程中，看到的所有景象慢慢化成金黃色，美得不屬於這世界。傍晚，我走進文化中心的大廳，觀看克羅地亞國家管弦樂團的演出；深夜，踩在象牙色的城內大道上，世界只有昏黃燈光和暖暖的海風……這太不真實的幸福，究竟是因為她本身的神奇力量，還是我們為著捍衛心裏的小小天堂，一起把她推到傳奇般的地位？

沒有理會那麼多，我一心只想著尋找一個最好的蜜月式角落，下次與 R 再來幾天，跟他分享我在舊城裏吃過最好吃的素菜。

克羅地亞沿岸中部古城斯普利特（Split），海邊的天空之城，曾經是古希臘殖民地，已經一千七百歲。十年前路經此地，十年後再次到訪，石灘已被開發成住宅區。當日在深藍色海水中冒出，堆砌成參差不齊的天然跳水台大石已被打散磨平，變成工整的幾個淺灘，那些海膽也不知已經歷多少個世代。

在受保護的半島公園，一邊踏租來的單車，一邊看著一隊一隊風帆出航，繞過半島尖端的懸崖，沿著另一邊懸崖下的一個一個小石灘，走走歇歇。一直避開重臨 Split，因為十年前我與 J 在這裏分手；儘管 Split 這個名字本身沒有任何英文「分開」的意思，但基於點點迷信，我一直沒有再到這地。

十年前我獨自坐在港口半天等待 J 趕來會合，意外地看到了一次美好的金黃色日落，只是當時我把重點放在等待上，心情一直不好；十年後我懷著停歇的心情坐在同一個港口，現在港口已經向外擴展了一倍。

這次故事的前設已經大不同：上次跟 J 是分手

邊緣，這次是跟 R 在熱戀。我從港口極目遠眺，看到的並不是擴散在晚霞裏的煩惱，而是水平線以外將來的可能性。

遊輪在亞得里亞海上聯繫克羅地亞、希臘、意大利……乘船去意大利中部的安科（Ancona），很多遊人會選擇夜渡，但因為十年前的一個陰影，我選擇了在早上出發：那次意大利官員誤會了我的護照需要簽證，竟然拒絕讓我登船。安全起見，這次我選擇了九小時的陽光航程，心想日間時間亦可以輕易打發。一早預備了小說、散文集、照相機、筆和筆記本，最後我卻甚麼也沒碰，腦內一直縈繞小時候從香港夜渡澳門那一夜的情景：大船、臥間、船底摩打的顫動、老虎機的聲音、對旅程的期待……直到天快黑了，在甲板上我彷彿看到當天的曙光初現，時空就這樣意外地交錯轉移。

就這樣，Split 已經永遠留在我的身後，我又克服了生命中另一個陰影。

陽光明媚的下午，阿姆斯特丹春天的氣息滲透進入人的每一根神經，想抓緊一點點，所有感覺就消失無蹤。世上所有的幸福就像花香一樣，越努力想捉住，就越徒勞無功，稍一不慎大力吸氣，不只會完全聞不到花香，分分鐘更會有過敏反應。

只是，夏季將至，你會覺得沒有甚麼事是沒有可能的。

我在梵高博物館（Van Gogh Museum）外的廣場小歇，眼前的這個畫面讓我停止了呼吸：一班中學生一起到博物館，有位運動健將把雙手放在另一位比他小一個碼的慘白少年的肩膀上。這位看起來像一生只見過幾小時陽光的慘白少年，連頸子和雙手都想躲到短袖恤衫裏面，透明的皮膚對世界呢喃著「你看不到我，你看不到我」；他旁邊那位少年剛好是他的相反，運動員的線條，整齊潔白的牙齒，笑起來你差點就聽到「叮」一聲，說話時有信心，不說話時更有信心。

透明少年就像以前的我，運動少年就像我的

D。熬過普通填鴨式中學生涯的人都會明白，那些日子有多恐怖。恐怖不在於不人道和消耗生命的上課時間或科目的離地，而是那個近乎零選擇的生態：你只能夠做一個有好成績的學生，不要說難以發揮其他所長，情況更接近未被發掘就被處死；感情？就算夠反叛去想，但夠膽量去了解嗎？

中國人家庭，愛的教育多麼缺乏，家境富裕一點的家長都在探索，而有九成的草根家庭爸媽卻根本不知道怎麼說、怎麼處理。脆弱敏感又有無窮生命力的青少年，就像吸水海綿一樣，聽到每一字每一句都有重量，看到的、感到的，都是殘忍又珍貴，更讓人無所適從。藏著那麼多問題，無從訴說，還未意識到甚麼是感情的時候，生活與學校的壓力已經讓人呼吸也變得困難……然後，荷爾蒙殺到。讓我的世界徹底地動山搖的，就是 D 和他的荷爾蒙。

跟我的大水牛單車男一樣，D 眼睛小小，黑黑實實，當他在場時，你會感到一顆蠢蠢欲動的能量球。說話的內容跟所有人都差不多，但出自他口中的字句總能讓身旁的人有正面反應，那麼聰明，腦筋轉得快，在球場上行動更快，那何止是一絲曙光，帶給我的希望更接近神聖。他一個友善的微笑能讓我開心半天，一句戲謔的說話能置我於死地，有時在其他同學面前跟我有平起平坐式的短短交流，還會讓我飄飄然。被看成是酷的一分子，被需要，被喜歡的人尊重，對於從皮膚到心靈都敏感的慘白少年來說，比任何讀書考試都重要。

事後回想，這些曾經讓我們趨之若鶩的個體，其實都不怎麼樣，只是他們剛剛在我們人生還未成形前，那個最混沌、最脆弱的時間裏提供到一個出口。D 讓一個幽靈得到了身體，這個近乎神聖的象徵，成為了我窮盡半生去追蹤的影子。

而這一刻，只有我跟自己在地上的影子。誰是他？他是誰？究竟我比較想得到他，還是想成為他？

日照時間開始延長，我歸家的心也越來越強，有人在等自己的感覺多麼好⋯⋯不要想得太多，就踏上單車，不快不慢地、實實在在地、不想魯莽又不能太小心地，一步一步在陽光裏前進。只是，為何要走了這麼久這麼遠之後、才容許自己放心享受這最奢侈的簡單？究竟還害怕甚麼？

經歷的時候很簡單，R 亦是一個典型的、簡單的瑞士人，一切那麼輕鬆直接。在晴朗的一天，人可以在任何角度、任何地方輕易看到未來，甚至永遠。我跟 R 由冬天開始一起，經歷夏天的溫暖，一切那麼自然。我們在琉森（Luzern）的水塔花橋旁邊流連，研究著告示板上夏季流行音樂節上的海報，計劃著下個月要看誰的演出，想想節目前後要在甚麼地方先會合，在甚麼咖啡館喝喝咖啡提提神，事後用甚麼通道離開，避開人群，最快走去舊城區那家專門吃 Rosti 薯餅的老餐廳，然後計準尾班火車的時間回蘇黎世。多麼具體的周詳計劃，沒有可能出錯啊。我們還認真地比較，瑞士火車和德國火車的可靠程度，哪個比較高。

真的，精準的交通，可以預算的四季，友善的陽光笑容，連電影裏瑞士形象的高度穩定性都那麼根深蒂固，基本上瑞士沒有甚麼是預計不了的，根本就沒有甚麼機會出錯。

在童話一般的安全國度裏　我在機場道別 R，

心想下兩個禮拜我又來了，自己開始覺得……這就是我要的自由嗎？不斷來來回回，就是我要的嗎？得意忘形也好，在愛情裏所有人的智商自動減半也好，人心到底是肉造也好，我最後還是徹底地錯了。

無論德文是 High German 還是 Swiss German，瑞士人說英語的口音都一樣，而當關係轉壞時，本來可愛的一切都會霎時一百八十度轉變，責任與負擔，嚮往與逃避，喜歡與討厭，全都可以因為同一個理由。

兩個禮拜之後，我收到一通電話：「我不再愛你了。」

那是最後一次盲目追尋。那一次，由一個期待已久的爵士音樂節和埃舍爾博物館（Escher Museum）之旅，變成一場文明的廝殺。

一下飛機，我就直奔往 R 在阿姆斯特丹的寓所。自從長途電話裏 R 一句「我不再愛你了」之後，隔了一星期，縮短了九千公里的距離，再由同一個聲音面對面說出「我不再愛你了」，正式開始漫長的廝殺。該死的我，好勝的我，聽到被否定後，竟然照原定計劃飛到阿姆斯特丹。

我跟 R 整夜都沒有睡，每一個微笑都有攻擊性，背後有一把能置對方於死地的鋒利匕首，朝著對方要害直插。

那不只是一般的情侶吵架。每一次有人贏得最後一個發言權，敗方就會展示出事不關己的輕蔑，那些對話像是一個看看誰更不在乎的比賽，不惜說出能令自己對人的信任、量度及愛付之一炬的語言，去摧毀半年來建立的感情，否定對方從一開始的付出，訕笑對方為自己做過的一切。愛的時候是浪漫，不愛的時候是矯情；愛的時候是付出，不愛的時候是吃虧；愛的時候是「我們」，不愛的時候是「你和我」。

細節是甚麼？我相信世界上沒有人會記得吵架內容的來龍去脈，因為通常大家都被情緒控制，在句子與句子之間各持不同的重點，若事後記得怒火中燒時的說話，也會不好意思承認自己曾經的失智失守。那夜是怎樣過去的呢？兩人坐在雙人床上，隔得遠遠的，我已經沒辦法記得跟著幾小時的折磨細節；那麼不實際的，那麼幼稚而一廂情願的 Long D，本身沒有重量卻原來可以有如此傷人的反彈重擊，完全不合邏輯。

幾個月之前已經買了北海爵士音樂節的兩天門票，我們都應該在當下決定放棄不去，但為了證明給對方看「我根本不在乎你的存在」，大家竟然都照原定計劃，第二朝一起出發。海牙（Den Haag）在國際舞台的重量與爵士樂音樂節，應該讓我跟 R 的關係更上一層樓的；我最喜歡的挪威女歌手娜嘉

(Silje Nergaard)跟荷蘭大都會管弦樂團(Metropole Orchestra)的演出，應該讓我們發展更進一步的；節目與節目之間在音樂節現場的啤酒，應該放大我們的盲目或快活的；而德國小號手布羅納(Till Bronner)，是不應該讓我想起 M 的。

M。竟然在這時候出現。Bronner 的樣子、神態、身高體重，竟然跟 M 那麼接近……在 Till Bronner 演奏時，我在台下拍了一張照片，然後電郵給 M：「想不到在荷蘭碰到你。」

「OMG, he really looks like me... but he's not as lucky as me. Miss you. Xoxo」M 一個秒速回覆，讓我再有一點點力量去熬過跟 R 那兩天的毀滅性的冷戰。第一晚我還跟 R 微笑說晚安，第二天早上照樣到海邊散步、看演出，還到了一直想去的埃舍爾博物館——荷蘭視覺幻象大師 M.C. Escher 的博物館。我跟 R 一起在 Escher 的幻象裏漫遊，他的迷幻畫作，全都是圖地反轉、矛盾空間，畫面令人迷惑，技法卻精密寫實：水不可能逆流而上，二度空間的雙手不著痕跡地變成三度空間，邏輯明明是矛盾的，卻那麼平實地展現在你眼前，越看你會越不相信自己，再分不清現實和幻覺。

我和 R 離開博物館時，眼神不小心觸碰了一下。那一剎那，似乎我們都有點不好意思：剛才那些魔幻寫實，不就是我倆嗎？被揭穿的謎底，連自己都不好意思面對，卻在對方眼中看到自己，多麼諷刺的同病相憐。回程往阿姆斯特丹的火車上，我和 R 都沒有說話，整個車廂都沒有人說話，整個世界都沒有人有話說。

自從廝殺開始，四十八小時的冷戰期間我跟 R 沒有任何眼神、皮膚的接觸，再回到 R 寓所，我開始收拾簡單的行李，最後用最禮貌和最事不關己的語氣跟坐在床上顫抖的 R 說：「那些在抽屜裏的衣服和外面的幾雙球鞋，我不要了，請隨便處置，我明早五時就會離開，晚安。」說完，我就在沙發微笑假裝入睡，然後每隔一分鐘，心臟就抽搐一次，額頭冰涼，一直到天亮。

清晨六時走在街上，空氣清新，藍天慢慢亮起來，我終於看到平靜如鏡的阿姆斯特丹運河中，那完美無瑕的城市倒影。我不能再逃避，最後還是要把城市、我自己，以及 R 與我的黑暗面，在水面倒映裏看得一清二楚。

這一次滑鐵盧，是以前一切感情的總和。

這一幕鬧劇，是從來未解開過的所有結，排山倒海地歷史重演。

這一個晨早，我清楚看到，原來每一次跟誰破裂之後，我就會返回 M 身邊，因為投身未開始已經宣佈死亡的感情，那一早注定的失落比從高處狠狠被摔下的痛楚容易處理，自己亦更有經驗與把握怎樣在絕處逢生。

這一場災難，是讓我放棄再瞞騙自己，乾脆甘心留在 M 身邊的最後一口棺材釘。

我沒有告訴 P 這一次我突然到訪的原因。昨天凌晨一點才在 Facebook 看到他在線，我問他是否在家，他回答：「Come over anytime!」於是我就立即收拾，上網找最快從阿姆斯特丹開出的一班火車，逃往哥本哈根。去哪裏都不重要，重點是離開阿姆斯特丹這個感情重災區。我知道那一刻我不能一個人，而剛好 P 在線，也算是一種緣分。同齡同星座，怎麼也不會距離太遠吧。

趁著天還未亮，我拖著行李結他，把本來打算長期放在荷蘭的一切拿走，徒步走往火車站，沿途經過大小運河，除了自己的呼吸聲和行李輪子與石板路的摩擦聲，世上所有東西都靜止不動。我看著如鏡子一樣的河面，終於知道，我在這個城市所經歷的愛恨，從來都只是自己內心的投射。我讓開心傷心發生，我給機會別人傷害我，一切都是我。在那個絕對的靜止世界，越美麗越殘酷。

荷蘭到丹麥的八小時火車過得特別慢，我努力讓自己期待將會看到的風景，好像插在海上的大型風車群、整列在德國漢堡港口登上渡輪的火車、哥本哈根最好吃的新鮮出爐麵包等等。這種刻意的亢奮十分不健康，而由於是要用力的，我看到 P 時已經有點累。

哥本哈根沒有變過，除了天氣。冬天的寒風徹骨換上六月天的清爽，只是我再沒有心情踏單車看風景。終於，我感受到嚮往已久的北歐夏天，但又怎會想到是懷著這樣糟的心情呢？跟上一次的情況差不多，P 病態地黏住手機，堪稱一級科技難民，那麼貫徹始終，倒很讓人佩服。

我不再在乎了，P 這樣子自然的疏離真好，是我需要的；我沒有干預他和手機的纏綿，他也沒有過問我的沉默。一句都沒有。

晚飯時，我幾乎可以肯定，P 並沒有刻意保持安全距離，不讓大家有進一步的發展，因為根本就沒有興趣，更沒有打算。而竟然，那安全的距離和友善的冷漠，就是我當時最需要的。

我們終於接軌。

世上再遙遠的距離，都只不過是幾程飛機、幾程車船而已。

對古蹟的不甘心潛伏兩年，最後爆發地點是馬其頓首府史高比耶（Skopje）。從 G 開車來位於鄰國希臘的塞薩洛尼基（Thessaloniki）馬其頓國際機場接我開始，跟著數天我們形影不離，情況跟維也納差不多，不過角色對換了，療傷的是我。

對我去的原因，G 沒有多說甚麼，他只是十分興奮的帶我會會朋友，除了當我的貼身司機，還是我的貼心嚮導。經過馬其頓國家文化中心，他問我是否喜歡那些弧形設計，原來是他祖母六十年前的傑作；媽媽建這邊的廣場，爸爸建那邊的圖書館，G 的建築師世家差不多負責了整個 Skopje。市中心最新一棟異型巨蛋一樣的太空基地商業大樓，還未完工，G 卻把我帶進去禁區，在天台讓我看看最好的風景。

「你年僅二十九歲就建了第一棟大廈，還要是 Skopje 新地標，很替你驕傲。」我說。怎料，他忽然放輕了聲音微笑告訴我：「只要你想像得到，就可以建得到；希望它發生，就會有決心和方法讓它發生，就像你的一樣啊。」

原來如此。從上海到維也納到 Skopje，對的人，錯的時間，一而再，再而三的發生，情況其實十分明顯：全部都是我自找的。

G 開著車，下午開始沿著馬其頓首都 Skopje 開始的高速公路駛往奧赫里德（Ohrid）湖區。我們打開窗，以為兩小時應該過得很慢，但當兩個人各懷心事時，思想飛到老遠，根本不覺得時間過去。

無論走路、拍照、開車，做甚麼都好，G 都喜歡微微揚起頭，嘴角常常帶著笑，除了搞不懂事情邏輯時輕輕發自己脾氣，顯出不耐煩，其他時候都是一副很傲慢、隨時來逗你的樣子。

「你甚麼時候需要拍 MV 呢？」G 一直看著前方的馬路。

「還未打算。」我的心一個月前已經在阿姆斯特丹裂成碎片，沒有帶來馬其頓。

「我可以幫忙，分文不收，只要給我來回馬其頓的頭等機票和入住七星酒店就可以了。」G 仍然專注開著車，但他意識到我把看著昨天方向的視線放回馬其頓的公路，然後睜大眼睛盯著他，他洋洋得意的嘴角又牽了起來，樣子真的很……迷人。

「哈。哈。」我乾笑兩聲，其實很想親他的

臉，但迅速收斂起表情，別過頭去看著窗外，換個話題：「看似到了……這裏湖邊真的建有三百六十五個廟這麼多嗎？」

「對啊，而且求甚麼都可以，譬如你希望我現在親親你。」

這次我沒有乾笑。

在馬其頓有「巴爾幹明珠」之稱的奧赫里德湖（Lake Ohrid）是名副其實的世界文化及自然遺產古城，還要是全歐洲最古老、最有靈氣的內陸湖之一，約一千年前歐洲第一所大學就坐落在這裏。全盛時期，沿著湖邊而建的廟宇曾經多達三百六十五間；G 在其中一個石像下跟我說：「他是發明阿拉伯字母的人，下一次你來陪我長一點時，你可以在他腳下發呆寫歌。」

憑我一向無可救藥的衝動和行動力，我應該第一秒答應，第二秒計劃，第三秒買機票，但是當時我把整個心拿了去療另一個傷，而更重要的，是我仍然記得夢妮坦幾年前對我的塔羅忠告：「放棄吧，對你來說他只是一個古蹟。」

G一邊引路，一邊不時看著我微笑，又立即把目光移開。Ohrid 湖的另一邊就是鄰國阿爾巴尼亞（Albania），兩國的漁夫都會把湖區獨有的鱒魚當作自己的國菜，不過由於早年過度捕捉，近年已經實施管制。G不停嚷著說要找一家有鱒魚非法供應的當地餐廳讓我嚐嚐，我最後沒辦法，竟然告訴他：「好，下次我來看你的時候啦。」

古蹟啊，古蹟。古蹟在古蹟裏給你希望，終究還是古蹟，而我竟然提出「將來」。

我們沿著湖邊的山城走著，直到日落時才回到他在湖邊的別墅。我們都很安靜，在陽台上安心地看著日落，把最後一道陽光貪婪地記住。G慢慢走進睡房，開了床頭燈，沒有關上門，坐在床沿。

那個晚上，我們都忘了吃東西，雨一直下，一直下……

無名字的街道
藏住了幾多感情
祈求被了解的聲音
你都一一傾聽
而你的座標永不變
人就算遙遠卻總斬不斷
從來幻覺就是脆弱
我卻差點觸摸到永遠

完美幻覺湖
無需多費勁
全世界都會被你倒影偷偷引領
如雪地煙火
留低的只有不確定
難道從未發生過又再安靜冷清
還是你大意一吻讓我樂極忘形

無遺憾的感情
迷惑過幾多心靈
祈求被滿足的感覺
能在遠處甦醒

而你明白每個心跳
眉目忐忑細節都可感應
還是被你靜靜抱著
答案在脈搏內細聽

而我為你來
越高山險境
能與你相見為了甘心多麼好勝
而你沒責任
還我每一個不確定
從來未說不的你讓我不想覺醒

完美幻覺湖
無可給戰勝
而我也敢去為你犧牲不需見證
時間在退後
歷史已寫好了早注定
從來未說不的你沒有張開眼睛
從來未放開的我在你面前
再次任性

——

〈幻覺湖〉，林一峰

關於 R 的一切，M 都只聽著，從來沒有意見。不給意見是為求自保的一種方法，慫恿的話就要負責任，只當聆聽者比較安全，在能力範圍之內盡力做好一個情人知己，有些底線我們都不會觸碰，是尊重，也是逃避。

R 的滑鐵盧事件意外地把我們拉得更近，我之前想也沒有想過，可以跟 M 討教相處的智慧，有時 M 的不自然反應也讓我有些沾沾自喜：啊，原來你在乎。

我一直在意的，都只是 M 在不在乎；然後呢？沒有然後，有一天就一天，這樣子的活在當下也是一種技巧。

F 最了解我跟 M 的相處，他也只是聆聽，偶爾說一兩句無關痛癢的說話，也從來沒有意見，只不過 F 的沒有意見並不是為求自保，而是他知道說了我也不會聽。

我告訴 F 最新的決定：既然每一段關係都沒有徹底保障，何不找個讓自己甘心的呢？如果那個人從一開始就是錯的人，那他能帶給你的，也只是意料之內、可預計和可處理的失望，而不是陌生人難以預知的破壞，這樣不是很好嗎？九年了，我和 M 已經有種默契：我努力地做自己的事，有空才一起，其餘時間工作至上，可以做到的會更多啊……

我聽到 F 在電話裏吸了一口氣，然後他慢慢地、清楚地說：「你要記得，當一個人在乎你的存在，他會用盡一切方法讓你知道他在你身邊，讓你起碼有一個精神上的依靠。」

不過，有一件事跟以前不一樣：M 的另一半已經搬到香港。

京都日間氣溫有攝氏十多度，有太陽時尚可悠閒地踏單車，但太陽一被雲遮住，在單車手柄上那迎著風、沒有戴上皮手套的雙手就會即時僵硬，寒冷直搗心口。

日落前，我趕回旅館赴約。在京都，到所有地方都可以踏單車，很方便。我住在市中心下榻於一間家族經營的旅館「松葉」，Y 說他知道在哪裏，會走路過去。

儘管家人很希望他接管寵物用品生意，但 Y 決心考進美國最好的建築學院；最愛踏單車的 Y，在三藩市修讀建築碩士時，每天都會踏單車到金門橋附近，常常說笑，笑容比加州陽光還溫暖；畢業回日本後還是燦爛地活著，沒有東西能阻擋他的熱情，包括突如其來的舌癌。

「Hey，你又長高了！」Y 走進旅館，被厚厚的羽絨外套包著，不能一眼看出一向瘦瘦的他已經再失去了二十磅。再次看到 Y 很高興，只要我用力地專注看著他仍然懂得笑的大眼睛，還是可以看到那個喜歡說笑的二十七歲日本男孩。

Y 的反應一向很快，只是舌頭已經跟不上他的腦筋。癌細胞奪走了他的速度，但奪不走他的意志，而幫助他意志力持續旺盛的，是他的幽默感：「我以前太喜歡說話了，哈哈哈哈。」來旅館赴約之前，他到附近的大學做了一場演講，鼓勵癌病康復者，找到興趣和生存目標，繼續前進。

「我很掛念香港的叉燒飯啊！」他說：「過了冬天，再做最後一次化療就可以了。」我們談食物、談旅行、計劃下一個 trip，直到他的眼皮開始往下墜。他堅持不讓我送他回去，我就在旅館門口目送他離開。

「叉燒飯在等你啊！」擁抱後我提高了聲音跟他說，Y 在寒冷中給我一個最溫暖的微笑。我看著他的背影，很慢、很慢地變小，然後回去房間，久久未能入睡。

兩個月之後，收到他另一半的電郵：Y 昨天在醫院去世了，很安詳。

那天晚上，我到了茶餐廳，點了一個叉燒飯。那碟頂級叉燒飯，比我記憶中鹹了，每吃一口，我都想像到Ｙ離開松葉旅館時的身影，但不是走路，而是踏著他最愛的單車，一路從京都飛到三藩市……

我沒有去 Y 在家鄉長野的葬禮。

可能是我一早已經告訴自己，葬禮的目的只是為了在生的人而舉辦。以前沒有時間或沒有機會做的，在生的人就用這最後一程去還自己一個心願，為死者做點事。

我跟 Y 的情誼，從來都不是這種「借出歸還」模式。我們珍惜每一次相聚，但從來都是重質不重量，就算在對方的城市，沒有時間的話也不會強求見面。下次見面，無論隔了多久都會像昨天才見過一樣，不需要熱身就進入最舒服自然的狀態；我們鼓勵過對方，分享過大家的失落，送過大家祝福，在對方心裏飾演一個遠方的希望，這就夠了。

這樣的一個朋友，是我心中一盞柔和的燈，在另一個的地方存在著，每次想起他也是溫暖的。現在，雖然他身處的空間跟我再不只是一張機票的距離，但我每次想起他也是一樣的溫暖；下一次見面時，Y 記不記得我也不要緊，因為我們已經是對方生命的一部分。

我記得長野市的那架倫敦大水牛巴士，從英國買下而放到長野改建成一家餐廳，在不遠處的一個公園有長野冬季奧運會的紀念牌；在長野其中一家老字號蕎麥麵店裏，我第一次喝用來煮麵的水時，Y 說不需要加鹽，日本人就是喜歡這樣享受最自然的味道，而且珍惜一切資源；跟 Y 走在寒冷的夜街上，躲進當地設計師開設的紀念品店，意外地買下一個十分精緻的小小木製托盤，到現在還放在我家廚房窗台前。

這些記憶一直陪伴著我，每次想起也讓我微笑；只是，有時我越想就越無能為力，我們終究還是被死亡隔開了，我可以處理的，只是「現在」。

甚麼是現在？一想「現在」，現在就過去了。甚麼是將來？一想「將來」，已經來到將來。時間那麼詭異，像是星星，想看清楚一點，一專注就朦朧，你只能把精神與焦點放在其他地方，然後感受時間。

時間，想留便快，想過就慢；時間推著每一個人向前，我們有幸能在一路被推進時，在某個點遇上，一切立即成為過去，這些過去都在我們各自的思想裏，有著不同的重生機會。只是，有時一不小心，妄想留住時間，就很容易被無力感吞噬，哀傷、憤怒、談判、接受，然後釋懷，再在時間線上重複。在太累的一剎那，想到在電視看過的三文魚逆流而上的畫面、枯萎的公園裏剛剛長出的嫩草、等著你回家的小狗、初生嬰兒嘗試抓緊甚麼的小手……

我們其實每一秒都在死亡，每一秒都在重生。就這樣，忽然意識到，自己正在吸氣、呼氣，竟然感到前所未有的實在。

就是這樣。很好。

▪ →

巴塞隆拿 BARCELONA ▪

與R分了一個嚴重的手之後，我熱切覺得生命需要改變。

就像大多數希望改變的人一樣，我沒有想清楚想改變甚麼，只知道現在有甚麼不妥，不變就完蛋了。於是，我決定獨自到歐洲兩個月，而為了鎖緊目的，我更將計劃具體化、明確化：豔遇——多麼令人羞愧，卻又無比讓人嚮往的願望。儘管我已經一早知道，豔遇跟靈感一樣，你越努力去找它，它就越會避開你。但是這個沒有計劃之中的計劃，真的可以讓心理暫時平衡一點；沒有辦法之中的辦法，感覺上總比完全放空實際。

為此，在決定去哪裏之前，我特意找了神婆夢妮坦，問問她我需要到哪幾個國家。她例牌地教訓我：不是這樣的啦，有就有，沒有就沒有啦……五分鐘後，她還是拿出塔羅牌，抽出一張，看看後無奈地跟我說：熱的地方。

正中下懷啊！打開世界地圖，閉上眼把手指隨機放在地圖上：歐洲（！），西班牙；東邊城市巴塞隆拿，陽光海灘，高狄留下童話世界一般的建築，主辦過奧運會，舊城處處生機⋯⋯ 好，西班牙，跟你擦身而過那麼多次，這次是命運啦，我要來找你了。為求提高命中率，我選擇的熾熱地方當然不只巴塞隆拿：整個地中海沿岸，不去意大利又怎會對得起自己呢，而且意大利的人更熱情。既然豁出去，就要做最充足的心理準備。

通常，最容易認識別人的地方，首推青年旅舍，然而可能還是對於一心尋找豔遇這概念有點汗顏的關係，我選擇了民宿，屋主還要是一個年紀比較大的女人——D。在那個民宿網站上，D 選用了一張用 Andy Warhol pop art 方式處理過的頭像，很酷，還說有機場接送，於是我就放心預定。

到埗後，來接我的是 D 本人，但當我跟 D 相處一分鐘後，我開始冒汗：

一、D 大概五十多歲，約一點六米高，二百磅重的身軀最大負擔明顯是盆骨；她用西班牙語和肢體語言告訴我，準備帶我乘地鐵再轉巴士到她的家，需要兩小時；單是明白以上的資料，就花了大家十五分鐘；

二、她不懂英文，更不懂中文，我也不懂西班牙文；

三、兩小時後到達目的地，她的家原來是當地的公共房屋，三個房間裏面的其中一間，是我這個禮拜的睡房。

我的旅行模式在未起飛前已經開始啟動，方法很簡單：旅途上不會有岔子，只有不同的情況；無論遇到甚麼問題，都是一種體驗，如果希望萬事依足計劃發生，那就不如安坐家中看國家地理頻道好了。只是，當你有心理準備，一切發生在你身上的事，本質上並沒有好壞，只有你怎樣對待不同的「情況」，以及自己的處理方法。

巴塞隆拿的夏天晚上，火熱動人，我在離市中心一小時車程的公屋小房間裏，呼吸著最地道的空氣，聽著客廳傳來的電視聲，聞著佈滿整個社區的煮食油煙氣味，一路盤算著怎樣跟夢妮坦算帳。

要徹底感受一個城市，最好是乘搭當地的交通工具和去街市；到埗後，我已經第一時間感受地鐵、巴士，D 也把半個街市搬到她家的廚房。

我每天跑到不同的景點，放心做個遊客，其中一個目的，就是走遍高迪（Antoni Gaudi）留下來的所有建築；像梵高（Vincent Van Gogh）一樣，高迪百年前在世時，國民都不能理解他的怪異設計；比梵高幸運的是，高迪受很多有錢人所託，建造了很多獨一無二的大廈和公園，色彩鮮豔的、形狀像動物的、把童話世界活現眼前的，這些標誌性的地標一直保留至今。當年不明白他的人，大概沒有想過百年之後能夠最代表自己土壤的其中一個標誌，就是他們曾經訕笑過的建築師的心血。

跟王爾德（Oscar Wilde）和梵高相比，高迪是幸運的，而且他的夢還沒有完，巴塞隆拿最具代表性兼世界馳名的聖家教堂（La Sagrada Familia），百年後還在興建修葺中，每天吸引大量來自世界各地的遊客，為城市帶來尊嚴、收益和就業機會。

巴塞隆拿是加泰隆尼亞（Catalonia）自治區的首府，老一輩的巴人自主意識仍然非常強烈，從一九七五年加泰隆尼亞被收入西班牙國土後，多年來仍然保留自己的語言和文字，言談間只會叫西班牙做「那個半島」。雖然跟西班牙文很相似，但在所有正式的廣播與路牌上，都會與西班牙文驕傲地並列。

歷史中血肉模糊的戰場變成了現代城市的球場，傳承著人類的好戰，也讓巴塞隆拿換個方法保留自己民族的驕傲：巴塞隆拿的足球隊象徵著他們不屈不撓、有尊嚴地存活，意義遠超過踢球運動本身，D 就是一個很好的球迷例子。她一點足球比賽的東西都不懂，但球隊每場賽事的勝敗比自己的晚餐還要緊。

對於足球一竅不通的我，很難去體會那種對球隊的熱情和忠誠，但從巴塞隆那球隊隊歌的音樂氣氛，我能感受到戰場勝敗比生命更大的豪情。

遊客需要做的事情，我在白天一一做過了，到訪了城市裏面所有 Gaudi 的建築已經花了三天，晚飯後回去 D 的家，我們都會聊天聊上幾個小時；語言不通不是問題，有 Google Translate 就容易解決了；因為人工智能還未成熟，我們的問答一定要短而精準。

D 對我很友善，但最初也只是作為 Airbnb 東道主的客氣友善而已，她應該很在乎我離開後給她在網上的評分。只是，當我把所有 Gaudi 建築的照片給她看之後，她睜大眼睛看著我，說了一些我聽不明白的西班牙語後哈哈大笑起來，瞬間變成一位親切的阿姨摸摸我的頭；她的眼睛像在說，傻孩子，我想不到你真的這麼認真。

D 起身走向她的睡房，一會兒後拿了一個鞋盒出來，裏面有一些關於 Gaudi 建築的剪報，以及從雜誌撕下來的介紹。我翻了幾篇，D 開始在 Google Translate 打西班牙文，互聯網把她想對我說的話翻譯成英文，我也在 Google Translate

打英文，翻譯成西班牙文，整個過程大概比平時慢三倍。

D 說，多得 Gaudi，因為他瘋癲，真實世界才豐富。

D 說，Gaudi 讓我們很驕傲，但他很寂寞。

我說，創作是一件寂寞的事，唯一可以讓自己不寂寞就是繼續創作。

D 看看我，然後給我一個擁抱。

既然打開了這個話題，我們每一天晚上就索性談談一些很大而且虛無飄渺的問題吧，如下：

一、下一站在哪裏？

二、甚麼事讓你最難過？

三、甚麼事讓你最快樂？

四、甚麼是快樂？

五、你在等待甚麼？

六、你在尋找甚麼？

七、你在逃避甚麼？

八、離開容易一點，還是回來容易一點？

……

回答以上每一個問題，動輒就要十五分鐘，她的回覆永遠都是：「Bueno」（編按：西班牙語，指「很好」），直至我說到 M。我想告訴 D 有關 M 的所有事情，但是當千絲萬縷細微末節都要簡化的時候，我才發現，原來其實沒有甚麼好說。

我說，我很掛念一個叫做 M 的澳洲人。

「M 掛念你嗎？」

「不知道。」

「M 愛你嗎？」

「不知道。」

「M 尊重你嗎？」

「不知道。」

「你愛自己嗎？」

「Gaudi 愛巴塞隆拿嗎？哈哈哈……」

當我們的溝通要靠尚未發達的人工智能傳譯，我的答案就不容許我解釋太多，而所有答案其實都直接得不需要經過思考。要推翻一些珍貴的感覺，是那麼輕而易舉。

　　這些問題好像一記一記的耳光打在我臉上，我的微笑應該顯得有點尷尬，於是 D 拍拍我的肩膀，用西班牙文說：「甜品。」這個，我聽得懂。

　　我跟她走進廚房，她在舊報紙堆上拿下已經變黑的大蕉，剝皮切片，然後放進有一公升熱油的鍋裏，炸起來。

在巴塞隆拿最後一天，我到了當地最大的一家唱片店尋寶。沒甚麼目的，隨便買幾張 CD，分分鐘有新發現。

看到 Jason Mraz 的舊唱片，旁邊放著魯斯（Josh Rouse）——一個美國的唱作人，後來遇上一位西班牙女生，決定移居到西班牙，繼續做自己相信的音樂。

"Ooo... Sometimes I miss the show
I learnt it long time ago"

Josh Rouse 的 Quiet Town，每次聽都會讓我眼睛濕濕的。知道 Josh Rouse 的名字完全是機緣巧合，那次在三藩市的百貨公司 Virgin Records 閒逛，DJ 正播放他的唱片《1972》，我從此愛上他的音樂。後來知道他去了西班牙後，有點覺得可惜：如果他一直留在美國，他的成就可不止現在這樣子。這個狀態其實已經不錯，但我還是會替他想「如果」……

如果，我當天在三藩市跟 T 聽的不是 Jason

Mraz 而是 Josh Rouse，一切會有分別嗎？

不會，一點也不會。

D 知道我彈結他，於是在互聯網上找了一位西班牙唱作人演出片段，跟我一起聽奧泰（Luis Eduardo Aute），卡塔蘭人，西班牙其中一位最傳奇的歌手，竟然是一九四三年世界大亂時在菲律賓出生，後來回到西班牙成為家喻戶曉的名字。

Aute 本來希望當一位建築師（！），後來給音樂、電影與藝術召喚，讓他成為藝術工作者。在西班牙還是受獨裁統治的七十年代，曾經因為出版一些詩集而令一本雜誌停刊。

我把一張 Luis Eduardo Aute 的 CD 遞給 D 時，她雙手接過後，用力地在我的臉上親了一下，然後趕緊做回一個東道主，問問這個星期在她的城市過得怎麼樣。

「Bueno。」我說。

明天清早我就要乘船到意大利去，寒暄一會兒後，我就回到自己的房間收拾。那個晚上，在滲著萬年油煙氣味的睡房裏，我一直想著那些大問題，以及那些簡單易明的答案。

翌日清晨，D 送我到樓下等公車，我上車後看著仍站在巴士站的她，深知道以後都不會再見面，這是我最後一次看到這位熟悉的陌生人。

D 從我的視線範圍消失後，我發了一個極簡單的短訊給夢妮坦：「謝謝。」

甚麼都沒有的人
希望是唯一寄託
我明白你的寂寞
我們永遠是太陽
如果變成了月亮
願你眼中的星星永遠閃爍

——

Barcelona，林一峰

中環健身會所的更衣室。

「C！」一把熟悉的聲音從我身後響起。啊，不會吧……

是J。

「唏！你還在香港？」我真的有點訝異。

J一直都在香港。「好久不見了！你記得我的表妹嗎？她上個月來探望我，還問起你……」

我記得，我甚麼都記得，包括最後一次在茶餐廳的六國大封相式的轟烈分手，在茶餐廳裏有一刻我竟然開口討回曾經為J付的大學學費，到現在想起還是很羞愧；可能是因為這個程度的羞愧，我一直沒有膽量去再面對這個人，承認這段關係的失敗，承認自己的失敗。只是，當下的感覺騙不了人，還要我們身上只各包著一條毛巾，這麼赤裸的重逢，應該是挺尷尬的，但我們還是開心地聊著。我記得J在委內瑞拉的家人，還向他們逐一問好：哥哥還是居無定所，弟弟剛生小孩，爸爸的麵包店仍在，媽媽還是一句英語也不會。J仍然是J，只不過多了一點白頭髮，想當外交大使的渴望沒成真，卻找到了一個穩定的男友。

我的確有點趕時間，寒暄一會，我沒有機會多說自己的事，快快穿好衣服就離開會所。一路走落斜坡，我還是面帶笑容的，但頓時意識到，原來當初痛恨的感覺一早已經變得模糊，J 那個長達八十個英文字母的全名我當然已經忘了，甚至姓氏也忘了。我們還是禮貌地交換了最新電話，但我們都知道不會保持聯絡，因為已經沒有必要。

離得越遠，看得反而越清楚。有些人在你生命裏已經沒有重量，你不肯原諒的，其實不是對方，而是自己。

然後，你開始記起好的東西。

我忽然記起一件事；我第一次遠赴美國佛羅里達州小鎮斯圖爾特（Stuart）看美國唱作歌手 Janis Ian 演唱會，當時 J 有陪我，還計劃了演唱會前後，我們要在哪裏遊玩、到哪個主題機動遊樂場、用甚麼方法排最少隊、玩最多機動遊戲。然而，這一切都不重要，除了奧蘭多（Orlando）當年最熱辣辣的 Six Flag Magic Mountain 那座路軌在頭上、乘客雙腿半天吊的過山車，我已記不起其他主題公園和裏面機動遊戲的名字，然而，有一幕到現在我還歷歷在目。

Janis Ian 在演唱會完結後，留下來跟聽眾簽名，我排在人龍最尾，帶點緊張，畢竟是第一次近距離接觸到第一個影響我一生的偶像啊。排隊期間，我有幾次望向 J 的方向，看到他用雙手牢牢地握住傻瓜照相機，樣子比我還緊張。

終於到我，一切發生得那麼快，我的嘴巴肌肉因為太燦爛的笑容而開始累了，有幾個瞬間，我看到 J 眼睛濕濕的，他還極速抹一抹眼角，但為了要好好為我拍下那個神聖的時刻，又趕快把手放回照相機按鈕上……

那是愛。

偶遇 J 的那天晚上，我鼓起勇氣約了 L 到我們相遇的酒吧聚舊；其實我一直最想知道的，就是為甚麼當天 L 忽然消失得無影無蹤。

「因為你不吃東西」。L 的眼神跟當天拿著花束在我家門前出現時一樣誠懇，我有幾秒不相信我聽到的話，還未回過神時，L 繼續解釋：「對呀，有一次你說最希望世上有一種維他命丸，一日吃一粒就能提供足夠養分給身體正常運作，我回家想了很久，覺得我自己承受不了，於是就沒有再找你。如果這對你造成傷害的話，很對不起啊。」

不喜歡吃東西是單方面分手的原因，我倒是第一次聽，而且還要發生在自己身上。我再點了一杯啤酒，想起當年在三藩市遇上的 T，心想，這個報應可真轉折。

尋尋覓覓，一樣的過程；兜兜轉轉，一樣的結果。多番轉折後，你就開始知道、看到了自己為甚麼作出那樣子的選擇，養成那樣子的習慣，遇到那樣子的人和事。

我問過 M 幾次，世界這麼大，為甚麼選擇留在香港。

每一個城市都有自己的命運。香港，你會怎樣走下去？

我很替你難過，因為在你保護下茁壯成長的香港人，從來不能體諒你的身不由己，有時包括我自己。我明白你從來沒有機會自主，但就是不願意接受這事實；而你，可以給予香港人最大的禮物，就是離開的能力。

香港人，從來都沒有真正生活過，只是在巨浪裏把持，在風雨裏扮懂得快樂。我們到底只是在努力生存、苦幹、爭取，任摩天大廈攀得多高，底蘊都是貪；而貪的原因，也離不開沒有安全感。

在沒有根的土壤裏，又怎樣能有安全感呢？從漁港到殖民地，從殖民地到大商場，香港人的面對方法都是逆來順受；真正能展翅高飛的，都要在離開之後，有時衣錦還鄉，有時靜悄悄的被掛念。但只要一天還留在原地為了甚麼而努力，就難以出頭，不是不可以，而是真的很難。大部分人都不以自己的身份為榮，世上大概只有香港這一個地方。偶爾一些有心人聚在一起，凝聚一點力量、一點愛，然而很快又要各自為生活奔波。為了生存。一個大部分人只能為生存奔波，而不是為生活努力的社會，教人怎樣留下？

香港，我明白你受了很多委屈，但相比北韓，你受的苦連皮外傷都算不上。

只是，你的歷史裏，你的教育裏，曾經被賦予了「理想」這個念頭；對一個受過理想洗禮的人，究竟填飽肚子要緊，還是尊嚴要緊？

無論如何，我親愛的維多利亞，謝謝你的一切。你還是公平的，只要一個人肯不問結果地努力，你就有一個機制讓他成功，做到能人所不能的奇蹟。抬頭看看，原來創作人都在這樣殘暴不仁的石屎森林裏，在音樂、舞台、畫紙、原稿紙及銀幕上，用超能力一般的毅力去完成一個又一個作品。看看，多艱難的環境，還是有《殭屍》和《狂舞派》；

兩套電影不約而同都在坪石邨取景，然後兩幫人馬都衝了出去。

因為你，才有香港人；也因為你，香港人才離開。一切依然，請努力生活。

而我還是選擇相信，離開，是為了回來。

到澳門工作一星期，我每天早上也沿著中間舊城區的石路到處刻意的迷路；建築師 K 為我拿了一個星期的假期，我們到處漫無目的地走走，就是避開人潮，沒有去大三巴；如果不是 K，我也不知道原來澳門的建築保育是全世界數一數二的，而且全部有城市撐腰，現在變成博物館的地方也全部不用入場費。走在世界文化遺產鄭大屋博物館裏面，我們開始談起如果我們住在這裏的話，飯廳最好在哪個角落，哪裏應該放一道屏風，廚房中間有否空間放置一張檯……

跟建築師一起旅行的好處是，你可以用全新的角度去看自以為熟悉的地方；我可以告訴 K 的，只是一些軟性的資料，譬如我小時候很喜歡吃的蟠桃果，在砲台上拍過的照，以及一位住在澳門的阿姨的事。

「澳門好像一個永遠活在香港的陰影之下的表親，我總覺得欠了她。」走在山丘上圖書館前的廣場時我告訴 K。

小時候跟大人「坐大船，過大海」，在深宵渡輪上初嚐賭博滋味：出了公海，船上老虎機叮噹叮噹聲此起彼落，對於小小的我來說，那是世上最刺激的事。可是，我一向對賭博沒有興趣，我對她的感情用事也從來與賭博無關。

那時候，媽媽的金蘭姐姐在大馬路有個家，我們每次都會在那裏借宿。姨媽的家很多簾幕，梳妝檯上放滿各式各樣的香水；媽媽和爸爸在香港的家那小房間裏連梳妝檯都沒有，媽媽的化妝品也只限於一兩個粉撲，幾支唇膏。姨媽呢？哇，那可是一個成熟女人的世界啊！

梳妝檯並不整齊，香水化妝品釋放出氣味的盛宴，散落在姨媽家每個角落。因為很多簾幕的關係，我總覺得那些屬於「美麗」的氣味，會躲在一層又一層充滿異國風情的布簾裏面，不會被我最討厭的白光管嚇跑——漂亮的姨媽有漂亮而帶點神秘的家，用的全是昏黃的燈光，絕對不會出現完全沒法有格調的白光管。

一切的新鮮與神秘，似乎都為了襯托大廳中間那缸玻璃魚——當然，那是我的小朋友邏輯；每一次到姨媽家，我就會在廳中看著奇怪但漂亮的魚發呆，媽媽跟姨媽聊天聊甚麼我都全然不知，只偶爾聽到一兩句。我大概知道姨媽愛的那個男人並不是常常來探她和兒子，很久才一次吧……他是誰？他長甚麼樣子？這世上，丈夫和另一半以外，原來一個伴侶還有別的角色？我一竅不通，只看著玻璃魚，很快樂。

媽媽說，姨媽是世上抽煙抽得最高貴漂亮的女人，這點我很贊同。而且，她對我很好，有時候還會在書房彈古箏給我聽。她的古箏上面放了幼摩爾薄荷煙。漂亮的女人，音樂，異國風情的種種，我一直不明白為何媽媽說起姨媽的時候，總會帶一點失落，心痛她有點命苦。

「姨媽對於我來說，就是澳門。她又是一個等愛的女人，所以澳門在我心目中就間接地成為了等愛的女人。」我說。

「總算永遠在渴望一些東西，其實還好。」K 望向遠方。

紙牌背後有願望

夜景背後多堅強

華燈不惜的上

光影裏我輕輕唱

珍惜過逐一消散

留低背後的堅持與肯定

華燈不可不上

但未忘記家的方向

——

〈石路〉，林一峰

Y 離開兩年了，如果他已經轉世成一頭梅花鹿，現在應該已經兩歲。

秋天的多愁善感只會影響希望被她影響的人，唯獨京都一帶的秋天，很容易在你不經意看到街上一堆尚有顏色的落葉時，殺你一個措手不及。

京都火車站有各種關於看紅葉的資料，像天氣預測或氣象報告一樣，今天在甚麼地區葉已經變紅多少成，全都張貼在旅遊局的大門外。紅葉海從九月分開始一路從北海道向南蔓延，到十二月的靜岡結束，像某某神明從天上看著眾生，一聲嘆息化成秋風，拿起沾了紅色、黃色、橙色淡淡水墨的毛筆，輕輕由北往南一掃，讓短暫的美沾上有心人的心頭，然後在葉落盡時，給你最清澄的藍天。

始終都是京都一帶的葉最有意思。加拿大紅色楓葉海的壯觀是大自然的神奇，京都的葉卻是人類文明與大自然的完美結合。Y 說，葉子變紅、變黃、變橙，或是維持綠色，全都是在日式花園設計師的小心經營下，組成一幅又一幅圖畫，襯托著寺廟、庭園和街道應該有的模樣。而最重要的是，看不出那是經過悉心設計的。

寺廟給你寧靜，這些鮮豔奪目的葉子卻從不會破壞應有的安寧，靜靜地等待秋天來臨，慢慢提示著時間流動，連落葉也小心翼翼地躺在路上。

我在京都沒有逗留太久，幾天騎著單車，甚麼角落都去過了，大概也是時候離開，不讓思想變得禪。古都太安詳，反而令我不安。兩年前的晚秋，我就是在京都跟 Y 永別的，但如果當時我知道那是最後一次見面，我又可以做甚麼呢？你明知道除了好好享受一起的時光，不要倒數，不要先想像沒有大家的世界，甚麼其他的事都是不必的，只會連最後一起感受快樂的機會都沒有了，所以寧願不知道將來。起碼，我記得的，是一個開心活潑的 Y，打算做完化療就到香港跟我一起吃叉燒飯的 Y。

我在京都下一輪落葉降臨之前，乘火車到奈良，知道 Y 不會希望我為他停留在某個狀態太久。奈良有梅花鹿自由自在地隨處走動，寧靜得來有點動態，Y 會喜歡的。

我在林中走了半天，梅花鹿一小群一小群的走過，其中有一隻年輕的雄鹿沒有跟著大隊離開，看著我一會，耳朵在顫動。

「你還好嗎？」

雄鹿開心地走了，鹿蹄踏在落葉上沙沙作響。

放任還是愛
不需太清楚
你若投入過
只會明白更多
回頭望
還是快樂去闖禍
無憾無語
讓我微笑擁抱現實
蝴蝶最終消失
鏡花水裏月
化做多少情歌

——

〈蝴蝶谷〉，林一峰

M 說過，跟我走在紐約應該會很快樂，因為我不怕跟陌生人打招呼，大家對我也不會有戒心，輕輕鬆鬆的交朋友，感覺多好。

想起 M 戲謔地提及那些去紐約的理由，是因為在那裏取景的電影，擺明是不經大腦的、水過鴨背的悄悄話，總是言者無心，聽者有意，我至今還記著。再加上 F 這些年來一直在紐約定居，我就有不只一個理由到訪了。

其實，每一次到紐約都是貪。貪戀那個可能性，貪戀那個萬中無一的「萬一」。萬一我真的在街上碰見 M，那大概會是一個很好的結束吧。

精彩的紐約，根本沒有空理會你的造作，你也不會好意思對誰說你是來完一個夢的；這裏的夢粉碎得遍地都是，因為一個人而來？誰不是？每個人都應該是為一個人而來，而那個人永遠都應該是自己。每次早機之前的晚上，我都在忙：忙著把所有工作做好，交代好，時間永遠不夠用，還要準備要在長途機上讀些甚麼，寫些甚麼，聽甚麼歌等等。

我擔心旅程太短，做不完開始了的事情，又擔心旅程太長會悶死，我每一次只會讓自己帶一本書，一本筆記，因為旅途上可以發生的事情實在太多，絕對不要局限於自己的世界之內。

於是，這次到紐約我決定帶一本完全不適合在旅途上看的書：《逃出 14 號勞改營：從人間煉獄到自由世界的脫北者傳奇》。對紐約已經沒有從前的期待，甚麼都看過聽過做過，不興奮不緊張，不如就用這本書作為這個旅程的開頭，先把自己的心情調校至那個狀態吧。前往世界上最有可能性的國家之中最有可能性的城市途中，讀著有關世上最恐怖的人間煉獄，人民完全沒有人權意識的勞改營逃亡者自傳，這個反差實在有趣。

在飛機上我一口氣看了一百多頁，然後才意識到要停下，鬆鬆頸項，鬆鬆心情。抬頭看到面前熒光幕：飛機剛剛經過日本仙台，而同一緯線上向西不遠處，就是那個人間煉獄所在地——比國家本身更神秘的北韓地下勞改營。

與納粹黨對猶太人做的不同，當年希特拉只是狠狠地從猶太人手中搶走尊嚴和自由，那是刻意摧毀一個已經建構了的文明；而大部分在北韓勞改營生存的人，根本就沒有看過、甚至不知道有外面的世界。你一定要曾經被愛過，才會知道失去愛是甚麼滋味；同樣地，你一定要被奪去了自由，才明白到自由的可貴。只是，大部分地下勞改營的人其實一出生就在裏面，父母被安排交配，一切我們習以為常的文明，對他們來說連天方夜譚也談不上，因為那些文明根本不存在，沒有任何宗教、愛、希望、自由的觀念。一個被害的政治犯三代同堂一起被捕，從此以後所有人就流著被詛咒了的血，在勞改營裏世世代代不得超生。

我放下書，靜下來，很久很久，然後開始其他工作。

下飛機，清關完畢，迎接我的就是那熟悉的混亂；我貪婪地呼吸，滿心期待這個又熟悉又陌生的城市。

我告訴自己，這次不為誰，只是為了自己。

紐約從沒試過這麼冷，冷得沒可能在街上走。在我快抵擋不住耳朵的赤痛，感覺不到鼻子的存在之前，我到達了上東區的惠特尼美國藝術博物館（Whitney Museum of American Art）。

寒冷的世界，一切都好像靜止了。把時間一秒間冰封，紐約的巨輪停止轉動，你會看到甚麼？

蠢蠢欲動的寂靜，濃郁的顏色，間歇地出現沒有表情的一兩個人，在同一個空間裏各不相干，期待著甚麼事情會發生，抵不過世界的冷漠，在期待之時慢慢被時間蠶食，最後被生活吞沒。「人」不是主體，「大時代」才是；這不僅是霍普（Edward Hopper）近百年前的油畫作品，放在以後每個大環境都可以。

這十幾年來，我每到一個城市拍照，按下快門前都會先想想：究竟 Hopper 會怎樣拿捏這構圖？我也曾經為了自己和這位大師，都有在構圖中避開「人」這個相同的理念而沾沾自喜。

第一次親眼看到大師 Hopper 的真跡，是去維也納找 G 的時候。我一直沒有告訴 G，日間分開時我在維也納做甚麼，而第一次在當地藝術館看到 Hopper 的震撼，我更沒有告訴過任何人。可能是太震撼，我沒有辦法找到字眼，就索性不提算了。然後，一年又一年，一次又一次的旅行，一幕又一幕躲避人群，從身心遙遠的安全距離觀察吸收之後，我知道城市的心都是由人組成，我的逃避只是不想面對人與人之間的交流。然後，我再腦袋放空地看著 Hopper 的作品，發現他看到的冷漠，原來是褪去了人多餘的情緒之後呈現的人文境況，卻留下時代的戲劇性。而一切的觀點與角度背後，其實全都是「人」，以及有關「人」的故事。

從來，讓一個地方變得有趣、值得留戀，都是因為人。為甚麼要這麼久，走了那麼多路，逃離了那麼多現場，我才領悟到呢？更有趣的是，原來我一早就情有獨鍾的畫家，早已在作品裏給了我提示。我坐在 Whiteny 五樓放了八幅 Hopper 作品的房間，看著一早就在我生命中出現的答案。

Hopper 於一九三〇年創作的畫作《紐約的星期天早晨》（*Early Sunday Morning*），一個人都沒有，但你可以看到有關那個背景的人的活動，以及那個時代背後的故事。我在腦袋裏閃過以前經歷過的畫面，才知道原來已經錯過了那麼多了。

離開藝術博物館，走在紐約冰冷的街上，一切又好像靜止了。再一次，把時間一秒間冰封，紐約的巨輪停止轉動，你會看到甚麼？

我已經看不到 G，或是一起走在維也納下初雪那一夜，我們的兩雙足印。

我看到別人的故事，與自己的渴望。

大概我已經沒有了看 show 的衝動與興奮。有時間，我情願到中央公園坐坐，等 F 下班之後到一些小酒吧 happy hour，回家做飯，甚至到唐人街買材料煮中餐。

有一套我卻很想看：《彩虹盡頭》（*End of the Rainbow*）。

「青鳥可以飛越彩虹，為甚麼我不可以？」十四歲的格蘭（Judy Garland）在一九三九年音樂電影《綠野仙蹤》（*The Wizard of Oz*）裏，以天使一樣的聲音，充滿希冀的唱著〈飛越彩虹〉（Over the Rainbow）。我曾經以為這首歌已經不可以有更超越的演繹，結果我在百老匯看了講述 Garland 最後幾年事蹟的音樂劇《彩虹盡頭》，由來自英國的演員班尼特（Tracie Bennett）把這個傳奇呈現台上，震撼久久不散。

天才童星，受的不是栽培，而是擺佈與剝削。就是因為一個無心的戲劇評論，略略提到「那個有點胖的 Judy Garland」，米高梅電影公司（MGM）

就迫她服食減肥藥；又因為吃了減肥藥會讓人亢奮，電影公司又迫她吃鎮靜劑、安眠藥。當時全世界盲目相信醫學，包括 Garland 的母親，都不清楚大量服食這些藥帶來的毒性及癮性。於是，Garland 就順理成章地終身染上毒癮，直至終年四十七歲，肝臟負荷過度而死。

你越討厭你的父母，越不想成為他們，你就越會慢慢走上他們的路。女主角在鏡子前說，在自己臉上每一個細節都看到母親；最後一任丈夫，亦是她的經理人 Mickey，最後還是強迫她吃藥。一個真心愛她的鋼琴手 Anthony，在出場前心痛地告訴她：「如果你出了狀況，我就幫不到你了，你就只能靠自己啊。」Garland 在藥物的亢奮狀態下，含淚匆匆一句：「我從來就只有自己而已。」

最後一幕，女主角的晚年，滄桑沙啞的唱著〈飛越彩虹〉最後一句時，全個劇院的觀眾都在忍著淚水。天使的聲音只會是水過鴨背的一陣清涼，彩虹盡頭的嘆息，才是生命的重量。

值得犧牲這麼多嗎？

這些故事屢見不鮮，受害者都身不由己，有時騎虎難下，為大局總要犧牲自己，但為藝術嘛……有這個必要嗎？曾經聽到朋友因為看了電影《黑天鵝》而情緒崩潰，我暗自下了一個決定慢慢疏遠，有一段時間我甚至主動問其他人對《黑天鵝》有甚麼感覺，決定被感動的人就是我需要疏遠的人。

為藝術犧牲自己的生活和生命，對某些人來說也許值得，但這絕對不會是我的選擇。你的選擇會反映在你身邊的人身上，可能是這個關係，這些年來吸引我的人，全都跟演藝事業完全沒有關係。

我興高采烈跟 F 說這個結論，他只說了一句：「係鬼，你淨係鍾意啲唔鍾意你嘅人咋嘛！」

……

……喔……

唉。

十年前，我們第一次見面，當時我二十七歲。

聽說太多有關你的故事：你無情，卻一視同仁，很公平；你不需要休息，但總有著靜態的一面，給願意感受的人在你懷內放心把感官張開；你來者不拒，但無論那些人在你生命裏面曾經有多重要，你都不會挽留；你讓來尋找幸福的人跌到遍體鱗傷，難得地在你身上得到過甜頭的人卻不斷回來，尋找那抽象、虛無飄渺，但永遠欲罷不能的愛情；無論你在哪個人心裏有多重要，對你來說，那些人都只不過是另一個名字。

那年遇到你，好歹讓我見識見識。你確實帶給我一些開心的煩惱，你的生活精彩昂貴，年少氣盛的我，就是不服輸，高傲地認為自己可以征服你。雖然你閱人無數，你可沒有遇上像我一樣的啊。對，初生之犢，總是認為自己的信念和愛前無古人後無來者，轟烈的程度讓自己感動到不得了；然後發現，原來所有自己認為偉大的付出，大部分都是一廂情願的，成全自己多於一切；然後發現，雖然細節不同，但每個人的軌跡都大同小異。

而你，就只是站在那裏，任由大家在你身上尋找答案。你給大家最大的幫忙，就是袖手旁觀；而大家在你身上得到最好的答案，就是領悟：領悟時間的威力，領悟付出的代價，領悟放手的智慧。

這麼多年來，每一次見面，我的熱情都減去多一點。你當然不會介意，但就是會在我準備永遠離開你時，給我一點提示，告訴我，褪去所有煩囂擾攘之後，你仍然跟從前一樣清澄，一樣有愛人的能力。改變的從來不是你，而是我。然後，我會撫心自問，是我自己累了，才沒能力跟你碰撞。而最討厭的是，我仍然很喜歡你。

有甚麼比遇上自己不喜歡的人更讓人懊惱？就是遇上自己喜歡的人。

紐約，我跟你還未完結。

還有一個星期就是 M 的生日。

我下了留在 M 身邊的決定，其實也只是單方面的一廂情願。M 從來沒有要求甚麼，只跟我說過：「You rock my world。」那種飄飄然讓我一直留在空中，意識到自己沒有腳踏實地時，已經太遲；心動了就動了，絕對沒路可退。

糾纏九年，合不到，分不開，若即若離，時間永遠不對位；F 有一次在電話裏忍不住問我，其實我最想要甚麼？從一開始已經是第三者，M 也由始至終表明自己不會離開伴侶，現在正室還要搬到香港。這個吊詭的誠實讓人恨不下，也愛不到，願者上釣，不能怪誰，於是就苦了我身邊的朋友。

頭一年情況混亂，F 說：枉你聰明一世，這次牌面太弱，注定會輸；但是，除了你的自尊，你沒有甚麼可以輸的，去吧。結果，我去了三藩市。第二年，我狠下心腸斬倉止蝕，其實只是自欺欺人，F 說：你根本只是想贏，一旦得手你就會走。然後，我去了倫敦。第三年至第八年，我去了哥本哈根、維也納、波昂、蘇黎世、阿姆斯特丹……

第九年，F從覺得煩厭一直過渡到嘆息、無言，然後最後一個意見是：過了這麼多年還放不下，其中一定有些玄機，你覺得值得就行了。

用了一支煙的時間掛念誰，那個「誰」根本不會知道；也許你從來都不介意他知不知道，但介意他在不在乎；在乎的話，一切都值得了。

那個人值不值得，只有你自己知道，旁人從來不能左右；要怎樣才滿足？就算能如願在一起，日復一日的細水長流又能如何？似乎做甚麼也不能圓滿，反而從來未得到過的，會永遠留著尾巴，看自己能否釋破箇中教訓。看看自己有多少微不足道的小習慣，原來都是因為那個人而生？為了某個人而執著某些堅持，絕大部分時間都只是為了成全自己。

一位學道的阿姨說，這個世代誰都在還債；我那時年紀還小，猜來猜去都猜不到，五分鐘之後她告訴我的答案，讓我摸不著頭腦之餘，我「嘰」一聲笑了出來：「心債？那是梅艷芳的歌呀！」

可能就是那一笑，上天一直在懲罰我，不斷製造機會給我機會去還；後來發現，誰人欠你的，竟然有別人代為償還，把誰誤當是自己的救贖，舊人的心死不了，新人的心被傷了，川流無盡，愛恨再生，循環從未間斷過一刻，孽債織成天羅地網，再無處可躲，直至一切歸零，無喜無樂，無味無色。

生命的顏色是感情，一切都源於不甘心，捨不得；因為不甘和不捨，我們的感情被造就了。既然我們注定一生都要還債，那不如選一個恨不下，卻也愛不到的。浪費了多少感情也好，最終也是自己的事；永遠不能結果，卻每次都能在心裏開花。

還有一個星期就是 M 的生日；我知道，我不會出現，也不能出現。那個星期我沒有上街，把自己關起來，只吃最簡單的食物來維持生命，只喝白開水，退了健身室的會籍，放棄了泰拳訓練。

我想，我終於需要為自己的選擇負責任。

M 生日那天，我獨自在自己的廚房，拿起紙和筆……

如果失重兩肩感慨萬千
太累沒法可入眠
你能讓眉頭積雪
落到我手心裏
無忘花又再現

我清楚你的心一切弱點
有誰讓你數心跳
愛如願隨年轉厚
換你回贈一吻
度四季於一笑

花田遇上了春暖
花瓣夏雨灑風中轉
百折千廻就放開　秋色染面
老情人　心照不宣
冬雪會倦情感會亂
睡醒已是明天
仍期待下一花季可再見

情深不見底不必怕緣淺
會承受你的改變
我從未要你解釋　沒有名分的吻
無忘花枝不需折

花笑獨欠人不見
不記明日黃花昨日現
百折千廻　時日流轉不了斷
好情人　有聚有別
總可再遇抱擁每段
再想已是明天
長留在我心的你不會變

愛如願隨年轉厚
換你回贈一吻
度四季於一天

——

〈無忘花〉，林一峰

Hey M,

來自意大利的 hello。

我又在路上了，這次旅行的目的同樣是老掉牙的「尋找」：去尋找一些陌生人的故事，或是讓它們找我……自己想到也覺得納悶。

我思前想後了一陣子。記得離港前一星期那個晚上嗎？我記得你新居的細節，跟我為你打掃過的舊居大同小異。那道你從峇里帶回來，不管打掃多少次，過一會兒還是沾上了薄薄塵埃的舊木門還在；你問我記得那一套枕頭和床單嗎？我記得，每一陣氣味，每分每秒都記得，包括最差的部分：清晨離開你家，那淡淡的洗衣粉香味還在我的臉上，走下山的時候整個腦袋都是你，情況就似多年前經歷的一樣，心情不能自主地急轉直下。我是不應該在你家過夜的。

我知道你會形容自己為一個簡單的人，這種情緒你從來都不懂，對你來說不合邏輯，所以讓我簡單的為你，也為我們鋪展出來。

你說，我已經是你的一部分。謝謝，但這句話讓我一路在旋轉。你知道嗎？你不只是我的一部分，更是我生命裏頗大的一部分。這些年來，我無時無刻都想起你，你的一點一滴都在我每個片段裏以不同方式呈現……或者是我一直用不同的角度在每個地方、每個人身上、每個工作細節、每點蛛絲馬跡裏面尋找你。現在，所有過客都已經用行動告訴我，他們只過客，而每一次過客離開的時候，我的思想很自然就回到你的身上。事實是，自從遇見你之後，我再沒有努力經營過跟其他人的關係，每段感情都像丟棄了也不覺可惜。這樣不好。

那些偶爾對你的無禮反擊，大概是每當我意識到這情況後的一種自然反射自衛方法，好保護自己脆弱的自尊，多麼幼稚。無論如何，我情願幼稚地瞞騙自己，也沒有膽量跟你作結。你讓我破壞了多少自己定下的規矩，破壞到一個程度讓我再無法原諒自己。

我喜歡跟你一起的細微末節。可能就是因為從來機會不多，才顯得格外珍貴。最微小的東西往往最能撼動一個人，你的每一個接觸都比任何人細膩，每一句說話都比任何人說得輕，輕得不能承受。小時候怎樣走出學校，長大後怎樣走出悉尼，我聽到成長的勇氣，同時帶著一種孩子的天真，對身邊的人事那麼認真，帶著一點輕狂，卻永遠滲透著一點仁慈。我那麼努力去記住那些輕的東西，累積下來卻是那麼沉重。

你讓我投降，這一種感覺隨著每一次見面慢慢增長，我總找不到原因；感覺越好，情況就越不好。有幾個瞬間，我自以為能像你一樣自由就可以了；只是，我從來就希望得到多一點，而我清楚知道，你絕對不會離開悉尼的他。更糟糕的是，我知道永遠也不會得到你，但我可以變成你：一個連我自己都不喜歡的人。

我相信你是一個好人，從來沒有存心傷害誰，或者對任何人說謊；可是，我竟然為你沒有因為我而對他說謊而憤怒，更為自己有這個念頭而難過。

我想，我還是要謝謝你的時間和愛……如果有的話。

其實我想像所有成年人解決事情一樣，當面跟你冷靜地、文明地說，只是你剛巧沒有空；我想，這是最好的安排吧，讓我有多點時間下定決心，也讓我們之間少一點戲劇性的場面出現。我需要對自己的生命負責，更要對我身邊在乎我的人負責；現在的我，已經比我們剛認識時的你年長，而你竟然是我心裏佔最大比重的人，經歷的時間也最長，請看看現在的我／我們，多荒謬。

現在，我當然還能夠預見我們將來有一天能每天都快樂地在一起，但就如很久以前你在我家說：「夠了就是夠了。」為自己相信的感情勇於付出有時，對從來沒有將來的感情放手也有時。

我不希望又一走了之，不清不楚地又陷入另一段惡性循環，讓我趁著這一次機會一了百了。看，把某個人從此在自己生命裏割捨可以很困難，但請看看我們，我們從來就不應該走在一起，所以割捨不應該是一件困難的事。事實是，我正在把生命裏最大的空白切除，那空白多麼輕，多麼微不足道，卻多麼重。離開一個從來就沒有在一起的人，原來比分手更難，多麼荒謬。

我不清楚以後會不會遇到像你一樣，十年來每次見面都會讓我心跳微微加速的人。很大可能不會，但至少我有一件事可以肯定：我需要前行。

請不要回覆，也請明白，我並沒有任何憤怒，一點也沒有，我只想完成一件事，有個了結。

最後，也是最重要的：I wish you love. I do.

C

從來沒有人可以客觀地告訴我們，應該怎樣愛一個人。幸運的一小撮，會遇到一個給你時間、空間一起成長的另一半，在決定一起走走看之後，給予你適度的自由，在一切變得順理成章之前，告訴你不要放棄為對方變得更好。

開始戀愛路不久就步入以上正軌的，實在屬於極少數；還未太累之前就遇上對的人並達到以上狀態的，其實也不多。

我不再將我的旅程跟感情掛鉤。事實上，我已經沒有藉口去逃避甚麼，也沒有自欺欺人的冠冕放在每一段旅程上；事實上，我根本沒有了這根神經。我幾乎可以肯定，無論在天涯海角，從此以後我也不會再遇上像 M 一樣對我有這麼大衝擊的人，於是我就放心不去張開天線尋找那虛無縹緲的可能性；沒有了需要掛念、需要你看不開的人在心裏，世界變輕了，同時每個留下的腳印都變得更有重量。

是時候重新組織自己的生活。培養出新的生活習慣，大概要很有規律地做同一件事六個禮拜：戒煙、戒酒、運動、早起……而如果這些動作背後有朋友跟你一起做，一起給大家壓力，效果會相得益彰。

　　儘管動身吧，你永遠不會知道值不值得：巴塞隆拿沒有王子，但有 D 和 Luis Eduardo Aute；史高比耶有哎呀王子，但馬其頓的奧赫里德湖更帶給我極需要的清淨。沒有造新的孽，舊有的結自然會解開，下一步應該是甚麼？

我仍希望
在記憶中找到一點光
當我在最漆黑內浮沉
窒息一刹可醒覺
我仍稀罕
為遠方一個依稀答案
盲目上路
在機艙甦醒
不知身處哪一方

藍天
藏著七色的陽光
於高空看著深淵萬丈
天際幻變 事日如梭
情感
流落在這世上某個驛站
早失散
分流故事太多高低起跌
剩我這空殼

旅途不斷
讓這心飛過道道圍牆
不過為最終躺下時
能安心說不枉過
過程跌宕
望著最真感覺一一消失
為何願接受自己的心魔
摧毀一切不反抗

藍天
藏著七色的陽光
太多不確定生死存亡
終究幻化一點靈光
純真和年月失散在呼吸之間
未死去
心情再度反覆
當降落時
我只好相信
有更好風景未看

——

〈高空三萬呎〉，林一峰

我的天線並沒有閒著，只是沒有鎖定目標盲目向前，散落四周，有時有所獲，更多時候樂得清靜。

有些人只會去沒有人去過的地方，自己探索，他們叫做旅行者；有些人不喜歡冒險，但想到處走走，在沿著別人走過的路上，發掘一些自己私有的風景，他們叫做遊客。

各有所好，不同時間、不同狀態，需要不同的慰藉或刺激，沒有哪一種身份比較優越。性格決定命運，命運決定旅途。從小學開始，我開始有自由意識後，就選擇走不同的路；儘管是上課下課那麼簡單的事情，起點終點每天都一樣，我都會找不同的方法，更何況是長大後到世界各地？

那一年，持香港特區護照到歐盟國家全面豁免簽證，我卻特意選了還需要簽證的南歐數國：匈牙利、克羅地亞……各國都需要花半天時間去領事館排隊領籌，我都一一做了。轉折地坐火車從這裏到那裏，打算最後從克羅地亞的港鎮 Split 乘船到意大利，再乘坐十個小時火車回到瑞士；登船一刻，意大利海關人員攔著我，翻著手上已經發黃的一疊文件，說我的特區護照需要簽證。糾纏十分鐘，語言不通加上過時的白紙黑字，我只好放棄。坐在 Split 長長的碼頭，看著遊船一隻一隻慢慢地在水平線縮小成一個光點，我讓心情平復下來，好好計劃一下應該怎樣從陸路回到瑞士，享受危機處理的快感。

明明一程飛機就能免卻所有麻煩，我竟然選擇花了那麼多時間和金錢去走冤枉路，以為做一個旅行者很有型，最後落得狼狽不堪，何苦呢。你大可以驕傲地告訴大家，這是你自己的選擇，就算辛苦，都是自己一廂情願的，而且路上看到的風景也不一樣啊。你不會介意手腳有一點皮外傷，最後還可以放心地感慨一番：人還在，心存感激嘛。

只是，我不得不承認，有時自己反而成為了選擇的奴隸。

於是，我決定了，那是我最後一次無定向出走：意大利西西里東部半島敘拉古（Siracusa）。

傍晚的時候，在圍城內看街頭扯線公仔與控制他的師傅一直依著，不希望誰在身旁，或者希望那一刻能在其他甚麼地方。活在當下，不需要煞有介事，只是正常呼吸，正常走路，正常吃喝。坐幾個小時的車到拉古薩（Ragusa）山城，吃一口當地的巧克力；到馮塔尼比安奇（Fontane Bianche）一字排開延綿三公里的白沙灘，與當地人像罐頭沙甸魚一樣逼在排得整整齊齊的太陽椅上；明明陽光普照，偏偏到附近埃特納火山（Mount Etna）仍然活躍的火山口爬山時，就忽然濃霧急降，包著整個世界。每天晚上回到 Siracusa 舊城內，我都會到城堡的邊緣，在岸邊呼吸著夕陽的顏色，跟當地人一起看著天空從藍變紫，從紫變橙紅後，就靜靜走在石頭堡壘的沿岸，甚麼也不想。

一切從認識生活、認識簡單開始。兩家舊城內的家庭式小型餐廳，讓我第一次嚐到甚麼是意大利，也是我第一次感到食物可以帶給你的幸福：原來橄欖油是不嫌多的；原來簡單的材料配搭能夠拼出不簡單的味道；原來番茄跟蝦的關係是如此微妙，濃濃的卻淡淡的，猶如長相廝守的情人；原來沙甸魚可以不是來自罐頭的，食物新鮮的話，根本不用多餘的調味，那幾尾小小的沙甸魚上鋪上一層麵包糠，從焗爐出來後，橄欖油香氣陣陣飄到鼻子前，是我吃過最好的食物。那是西西里的魔法，還是我自己的一廂情願，都不要緊了。我的確觸動了一根我從來都不知道的神經。

世上真正的自由與快樂，從來都不是來自罐頭式消費資訊，而是你經歷過種種希望和失望之後，那些自己重新發現的簡單事情，可以是一陣清新的空氣，一口用心做的家常菜。

「沒可能啦，他們全部都沒有空。」接過我和兩個來自香港的朋友 B 和 T 後，Z 一起坐在機場大閘外的露天餐廳，一邊喝著她的 Espresso，一邊十分肯定地告訴我們，她的弟妹不能來參加她在意大利的婚禮。

「大家姐結婚，這麼大件事，他們一定會想辦法來的，可能他們想給你意外驚喜呢！」從香港到巴黎，再轉機到意大利的比薩（Pisa），雖然我剛下飛機，重新腳踏實地有點累，但還是覺得事情有可疑，勢必要跟 K 爭論，說我們在等這兩個人並不是未婚夫 V 來自加拿大的遠房親戚。B 則一直拿著手機拍這拍那，沒有理會我們。

「我們九月會在香港擺酒，他們那個時候出現就好了，妹妹工作又忙，年底自己又要結婚，弟弟打理生意離不開，他的兩個小孩放暑假又要家庭樂……」Z 越說越肯定：「我兩小時前才跟妹妹 WhatsApp，她還說剛看完戲啊！」

「會不會是你未婚夫跟他們串謀呢？」

「他說現在等的和接的是加拿大的親戚啊……啊……吓？我……」Z 忽然熱淚盈眶，整個人呆住了。

「哈哈！我都話㗎啦！」我洋洋得意地一邊笑，一邊看著現場這個一生一次千載難逢的景象：Z 的弟妹從機場接機大堂走出來，未婚夫 V 在他們身後滿足地笑著，太陽眼鏡掩不住 Z 喜極而泣的雙眼，在我身旁的女友人 B 終於開心地跟我說：「嘩！頭先我個心一直跳呀，幾驚你拆穿呀，果然聰明……」我有點誇張地沾沾自喜，正好讓大家在介乎感動到崩潰與開心到抽筋之間取得平衡。再看看 Z，她已經在五秒內從幸福的準新娘，變成哭笑一齊來、未懂如何招架的小女孩，我認識了她十年也沒有看過她這狀態。

「我沒有騙你啊，我真的剛看完電影呀，不過是在飛機上，嘻嘻……」Z 的大妹 C 笑說。

「你哋……嘩你哋……喂你哋一……個二個呀……我真係……」哭笑不得的 Z 在擾攘中打點

一切，拿了她視線範圍內最大的行李，出盡力向前推。女皇為報答大家自動變奴隸，助一行人登上九人車，氣氛猶如小學生旅行。

朋友 B 連同未婚夫 V，以及 Z 的 C 弟和 C 妹美麗的串謀，終於在意大利比薩圓滿落幕了。九人車一路開往小鎮巴爾加 (Barga)，肥肥團第一天亦正式開始。

▪ →

巴爾加 BARGA ▪

意大利托斯卡尼（Tuscany）省是全世界喜歡吃的人都嚮往的地方，Z 跟 V 的婚禮就在這個美食省的深處舉行。

我們一行七人從比薩出發，開一個小時車前往巴爾加（Barga），一路上在九人車裏興奮不已。不過，興奮的廣東話，對於不說這語言的人來說是挺嚇人的——不只是音量上的嚇人，還有氣氛上，很像吵架。V 是意大利人，未婚妻 Z 是香港人，兩人溝通的語言是英語。因為很久沒有被那麼多說廣東話的香港人圍著，平時一向精靈的 Z 就如生日蛋糕上的不滅火焰蠟燭一樣，一時間忘記了正在駕車的 V 不會明白我們在說甚麼。我每隔十分鐘左右就會問問 V：「哈哈，放心，我們不是吵架，但不如一起吵吧？好熱鬧啊，哈哈哈……」

「Darling，好 love you 喎。」人妻 Z 總不會興奮到把未婚夫也忘掉，V 就一路帶笑，整團人像小學生秋季大旅行一樣，我忽然心頭一暖：好久沒有這感覺了。

Tuscany 的陽光跟意大利人的熱情一樣，十分慷慨。我們經過古城盧卡（Lucca），圍繞延綿四公里的紅磚圍牆轉了一圈，再繼續駛往山區，經過古橋，又一個古鎮，一棵又一棵古樹，又來一個古鎮，噢，一間古酒店，一條古公路⋯⋯再一個古山再加一條古村。真正的九曲十三彎之後，我們終於到達建在山上的古城—— Barga。意大利的鄉下，越舊越有味道，淡黃，淡啡，斜斜長長的石樓梯，淡淡的河流，淡淡的生活。

傳統意大利人跟中國人的家庭觀念都很重，即是說，當你娶／嫁了一個中國人老婆／老公，就會自然地把對方的整個家族也接收，Barga 的大屋就忽然變了一個小香港社區。到埗第一天，V 已經為大家一早安排好午餐，我們像哈利波特霍格華茲魔術學校的精靈奴隸一樣，自動自覺把灶頭以外的一切打點好。

「過去一星期，我和 V 每一天就這樣開車到超市，拉著一車一車的食物，走剛才那條奪命石磚路回家。所以你們要乖乖把他煮的菜吃完啊！」幸福少婦Z終於超過了一百磅，四十年來都沒有發生過，但在跟著的一個禮拜山城生活裏，我們終於知道了原因。

駛回山城 Barga 的山路上，V 常常嘴角帶笑，一副沾沾自喜的樣子。當肥肥團團友從遠處看見停在路邊賣新鮮水果的小貨車時，大家都興奮不已，V 在歡呼聲中把車停在旁邊，先叫大家享用從山澗淌流下來的泉水，洗洗喝喝，然後悠然自得地跟水果車老闆寒暄。而肥肥團團友已經急不及待對著水果山「嘩嘩嘩」，照慣例照相機先吃。

我心想，其實水果香港也有啊，連水果照也拍？我就在水果山中搜索不尋常的東西，給我發現了一箱綠色的果實，以為是李，摸摸看，絨毛質感，半個拳頭大。

「意大利 Tuscany 這裏才有的無花果。」V 氣定神閒的跟我說。

香港有售的無花果大部分是乾的，主要供媽媽們煲湯用，新鮮的無花果則要靠進口，小小的，還要貴得要命，這裏呢？平靚正又時令，我們立刻行動，買了二十幾個回去。

「若你問世界級大廚或美食家，世上甚麼國家的菜式最豐富，三甲一定有中國、法國和意大利；而意大利菜主要是以新鮮食材和簡單配搭而聞名，所以我們這次很幸福啊！」自以為已經對美食有點研究的我，向肥肥團團友解釋，一路上 V 都充滿自信的笑著；我們當然欽佩他把未婚妻 Z 的體重奇蹟地晉升至一百磅這功績，但這個笑容絕對不只因為這原因。

從踏進 V 跟 Z 位於山城的別墅開始，我就意識到他是一個徹頭徹尾的意大利人，對吃的執著很強，而一個意大利人是一定會為自己的食物而驕傲的。不同的 pasta 應該配甚麼醬，這些肉要搭甚麼香草，味道不濃，但一定要鮮；至於那些無花果，V 堅持，只能配地道風乾火腿片，並且我們要一併放進口裏。

當我們嚐第一口，清新花香濺在口腔裏，然後滲透每一角落，微甜，微甘，嚐第一口百般滋味，卻不濃不淡，需要微微咀嚼的硬度，令你有足夠時間讓鎖在果肉裏的香味釋放。然後你的味覺會留意到尚在等待你的火腿，鹹鹹的，甜甜的，同時帶著清甜的餘香。少吃不夠，多吃易膩，你怎樣都不能仔細形容那滋味，只能再嚐下一個，那個味道組合雖然大致相同，但強弱、咬感、比例卻絕不一樣。

那不是戀愛是甚麼？

遊意大利 Tuscany 是一件幸福的事，如果你：

一、懂得駕車；

二、喜歡吃最新鮮的食材、嚐最接近大自然的香味；

三、沉迷曬太陽；

四、愛看以公頃計的太陽花花海；

五、旅行拍拖。哈～哈～

意大利夏天的熱是不人道的，中午一點到四點最難熬。準新郎新娘 V 和 Z 已經一早為七人肥肥團安排好避暑的時間和地點，遊古城 Lucca 的路線也為大家的身體著想。從山城 Barga 出發的路上，看到了太陽花田，抵達前 V 載我們兜一兜四公里長的圍城，才泊在城外樹蔭下。向城中心點進發的路雖然無遮無掩，但一進城後 V 就帶我們去幾家有空調的食物店舖：本地火腿、本地麵製品、本地醬料、本地香草、本地芝士、本地橄欖油等等；還有世界有名的牛肝菌菇（Porcini），都是在這裏出產。

「好好在這裏嗅嗅，但不要在這裏買了，」V說：「我們在 Barga 那些小店能買到更便宜更香的；噢，還有你知道為甚麼最好的橄欖油，名字有『Extra Virgin』在前面嗎？」

「超級精煉嘛。」我在一旁一心八用的看這看那，盤算著怎樣將火腿菇醬油鹽香草打包回家。

「不對，是因為那些橄欖樹的外表很皺很醜，一輩子都沒有人碰。」

我有五秒鐘的時間相信了他的話，直到他抿起單邊嘴角笑著走開，才知道他在騙我。哈哈，意大利男人，的確很色。

我們經過店內擺放檸檬甜酒的吧檯，從另一邊門走出去，踏進圓形競技場廣場（Piazza dell' Anfiteatro）。橢圓形的廣場中間，難免聚集了眾多做遊客生意的餐廳和紀念品商店，但圍著廣場的三四層高、不規則的住宅裏，仍然住著當地居民，他們的窗外仍然晾曬著剛洗好的床單，很意大利。

我們被安排走進了一家意大利時裝折扣店歇

歇，主要為了它的空調。透心涼後，我提議肥肥團團友一個遊歐洲古城的指定活動：爬塔俯瞰城市全景。我們匆匆安排集合的地點時間，分兩批人，爬塔的爬塔，逛街的逛街。

當我們爬到城內三個高塔之中其中一個的頂層時，頓時覺得剛才數百級的木樓梯爬得很值得。但我們看到不遠處另外一個塔頂種滿高樹，天空之城一樣的古尼基塔（Guinigi Tower），大家看著大家，雙眼有著同一個問題：是不是應該走過去呢？

當然沒有。肥肥團團友忙著拍照，遠眺剛才逗留的圓形競技場廣場，我在另一邊靜了下來，看著那樹塔。

如果我們爬的是 Guinigi Tower，絕對看不到我們現在看到的美麗風景。身處樹塔塔頂，頂多只會有「到此一遊」的滿足感，還要很擁擠，分分鐘連四周的景致也不能享受，反而現在隔著幾百米遠觀就好得多。只是，我們現在身處的是一個次等的選擇。

當你身在最好的東西時，你絕對不能欣賞到它的全面；但退而求其次，你會甘心嗎？

「距離，有時我更加嚮往。」自己寫的歌詞，又應驗了。只是，我到現在還是很想爬一爬樹塔。

不需要工作的時候，歐洲人一天可以只做一件事，譬如去銀行、去超市、看一套電影、照顧植物，甚至休息，即是甚麼都不做。

肥肥團意大利之旅主要是為了參加 V 和 Z 簡單而隆重的婚禮，我們留在 Barga 一個多星期的日子裏，雖然 V 已經安排好駕車遊、市集遊、週邊小城遊，可以吃的全部吃過，要去的景點都去了，繁忙的香港人又怎能停下來呢？

V 和 Z 的古城之家很少這麼熱鬧，到埗第一天，肥肥團團友已經發揮中國人的團結精神，自動自覺合力在大屋內外打掃清潔，V 又開心又覺得好笑；「Please enjoy the full force of Chinese labour!」我說，V 一面笑，一面為我們做飯。

第二天、第三天、第四天……大家當然能享受恬靜的小鎮生活，但恬靜的環境，就是讓自己沉澱的最好時間。久一點，就能看清楚別人和自己多一點；再久一點，就是禪修。

禪修當然不只打坐，可以是做家務、砌模型等等，表面上簡單重複，不須用腦的東西，實際是清理自己內心的好方法。

B 每朝早起，靜靜坐在花園裏抽煙喝咖啡，享受恬靜，閒時有很多故事可以娛樂大家，也會告訴大家一些工作地方的好笑事件。只是，過了幾天，她就開始慢慢凋謝了：掛念另一半掛念到凋謝，也是挺浪漫的，卻到不了禪修的地步。U 也能享受恬靜，但大部分時間也在拿著手機自拍。歐洲小鎮風情迷人，置身其中的興奮大於一切，忙著留影與跟香港比較。

說到興奮，遙遙不及 Z 的妹妹 C 妹。C 妹精靈活潑可愛，眨眼時你差點可以聽到聲音，然後看到星星閃出來，外表比實際年齡至少年輕十五歲，常常笑，嬌小度、聲音、語氣和用字跟 Z 一模一樣。不過 Z 的終生事業是愛情，C 妹則努力在工作，已經是皮革業的權威，平常在空中多過在地上，來過意大利無數次，這次卻是放下一切工作，重新發現生活，變回一個小女孩。如果她不是千杯不醉的話，穿起校服真的可以拿起書包上學去。

在肥肥團裏，Z 的弟弟 C 弟是最接近禪修的。三十七歲的他已經是兩個孩子的爸爸，這次只有自己出動，把老婆孩子留在香港，但不忘自己崗位，當大家嘻嘻哈哈的時候，他總會走到一角打點，又會因為替 V 開車而自律滴酒不沾，很靠得住；C 弟是我們當中做得最多家務的一個，連我們的衣服他也一併洗晾。不過，到現在我還不知道，究竟他是禪修，還是想家，用家務麻醉自己呢？無論如何，他是一個好男人沒錯，而且長的很像馮德倫，在自動變瘦哈哈鏡裏，我肯定 C 弟比他還帥。

我？很簡單：寫。

「阿婆行得快，下聯係乜嘢呢？」早上大家起床後，在山城 Barga 大宅門前的花園嘆咖啡，B 總有說不完的故事和謎題讓大家猜。

「一定有古怪……」B 氣定神閒的揭曉，大家用一場大笑開始一天的行程。我們總是很熱鬧，但也有情緒緊張的時刻。

「大家姐啊～～～」我很久沒有親眼目睹，一個三十七歲、育有兩個孩子的爸爸，變回七歲的模樣，向大家姐撒嬌。

這個嬌可不是無的放矢地撒，而是 C 弟在千鈞一髮之際，殺 Z 一個措手不及，把 Z 和 C 妹之間的火藥頓時消滅。

事緣 C 弟和 C 妹這次來意大利參加大家姐 Z 的婚禮，是未婚夫 V 跟兩姊弟與友人 B 串謀的，所以事前 Z 已經安排好的衣食住行都不能盡跟計劃進行，讓 Z 在很多情況下乾著急，又怪自己不夠貼心，日久相處下難免會發一點小脾氣。細節呢？哈，爭吵這事情，當下的細節永遠不是重點，更重要的是當事人有沒有屏氣凝神深呼吸，退一步海闊天空。事關吵架只為一口氣，過後大多數不會記得。

自從 Z 遇上 V 之後，她的戾氣其實已經所剩無幾，但久久未跟一大班朋友一起的她，住在內裏的女皇有幾刻忍不住跑出來跟大家敍敍舊。

有一天晚飯，V 為我們做完飯後，終於可以坐下來回回氣。Z 很善解人意，說話又沒有底線，只要她在，氣氛都十分好；只是，閒話家常時，提起 V 第一次做菜給她吃，Z 就很高興地問 V：「Darling, do you remember what was the first meal you cooked for me?」V 大概是太累或霎時間真的忘了，久久未能說出，只是一直吃東西。但基於愛和尊重，Z 最後還是說一句「好 love you 喎」打圓場。

Z 是貓，能夠鎮住貓的是甚麼？老虎。V 是如假包換的意大利老虎，他說，每當 Z 發女皇脾氣時，就像跳到他頭上亂抓，卻傷不到他分毫的貓。

噢，其實女皇是不會怕老虎的，所以 Z 不是女皇，而是公主，而所有被愛的幸福女人，最後都會變成小女孩。

太鹹的八爪魚 Gnocchi（意大利煙韌薯仔）、轉三次九曲十三彎的公車、櫥窗內嚴重褪色的日本漫畫、廣場上正在吃自己同類屍體的海鷗、「您好」中國餐館、藍雨、雨、雨……

以上所有東西，你都不會在任何旅遊書上看到，但這偏偏是其中一個我對意大利最深刻的印象。

我習慣一個人到處走，就算是團遊，我也很會找機會自己探索。一天早上，肥肥團團友還在睡，我就獨自登上從 Barga 開出最早的一班公車，用一個小時去到最近的大站 Lucca，然後找最快的火車到海邊城市利沃諾（Livorno）。坐車、找車站、看時刻表、買車票、等車……繁瑣狼狽的三個鐘只為到一個海邊城市，到埗後只有灰灰的天，陰陰的街，千串細雨點。在意大利響起張學友的〈藍雨〉是一件幾個層面上都錯了的事：Tuscany 啊！放眼太陽花田，戴著草帽在古城裏漫步，跟某處二樓陽台正在晾曬格子餐檯布的意大利婆婆說「ciao」（編按：意大利語中指「你好」或「再見」)，籃子裏放著剛剛從新鮮市場買回來的瓜菜海鮮，準備把它們放在大廚房後到花園採摘一點迷迭香，一點鼠尾草，一點蕃茜，一點羅勒。

OK，以上場面，九成機會只會出現在美國人在意大利取景的電影裏，七成機會出現在與當地人結婚後的夏季生活裏（Z 就是好例子）。喜歡跟旅客開玩笑的現實，總會提供各式各樣的狀況，除了最 Classic 的壞天氣，還有吃的；「在遊客區的餐廳大多數很貴」是事實，但貴不是重點，不值得才是。在很難出事的 Tuscany，我因為天雨關係躲進 Livorno 廣場唯一還開門的餐廳，進去前我努力避開廣場上兩隻在雨中搶吃同類屍體的海鷗，進去後發現下午兩點只有我一個客人，點了一客八爪魚 Gnocchi：鹹、鹹、鹹……

在山城 Barga 過了最意大利的一週，然後一天在 Livorno 把一切美好奉還。還好，我阿 Q 功力深厚，在乘錯回程車的途中我想到：

風景是別人的，眼光是自己的；

故事是別人的，感受是自己的；

路是別人的，腿瘸瘸是自己的。

可是，如果我可以再選擇一次，我會要狼狽的 Livorno 一天，還是安逸的 Barga 一天呢？

我永遠會選擇前者。

開四個小時車到威尼斯不算甚麼，整隊人從停車場集體推著行李開始，才是戲肉。

威尼斯是由一塊一塊小小小島砌成的小小島，整個島都沒有汽車，而且全部是平路，又安靜又舒服。島真的不是很大，到哪裏都可以走路，只是當你拖著巨大的行李，就會十分狼狽。平路是平路沒錯，但連接小塊土地的，是高高的拱橋，而且地有限，橋更有限，明明要去的地方就在對面，卻要走九曲十三彎才能到。肥肥團一行十人，再加上每人最少兩件大行李，在攝氏三十多度的烈日下，浩浩蕩蕩地穿過來自全世界的遊客，尋找各自要去的幾間酒店，場面十分壯觀。

讓我最訝異的，還是島上唯一的交通工具——船。威尼斯的水道縱橫複雜，遊客可以選擇的船有三種：由穿著紅、藍或黑色橫間水手裝的船夫站著撐船的尖頭尖尾獨木舟（Gondola），另外有白衫白褲黑超船長帽有型士負責掌舵的豪華快艇水上的士，還有永遠擠滿乘客的水上巴士。Z 說大堆人跟大堆行李移動的最好方法，是乘水上巴士，我們就乖乖跟著她的指令行事。

「一程船七歐羅？」我忍不住問了幾次。

「對啊，遊客地方嘛。」Z 解釋。

「有二十歐羅的一天乘船證啊。」我好奇再問問。

「但除了這程，我們今天不用再乘船了。」高溫加狼狽，Z 已經到達瀕臨崩潰的邊緣，我也沒有再追問，只是心裏一直不舒服：現在坐兩個站，十個人就七十歐羅，水上的士一登船就六十至七十歐羅，怎麼這地方這麼貴呢？擺明是專賺遊客的錢啊。覺得值得的話，多貴我也心甘命抵；但如果感覺被屈，多一毛錢我也不願意付。

我們好不容易買到船票（十五分鐘），找到碼頭（十五分鐘），等船（十五分鐘），登船和到站（十五分鐘），找酒店（三十分鐘），登記和梳洗（六十分鐘），再集合吃晚飯（三十分鐘），總共三個鐘頭，一直考驗大家的忍耐力。

水中城市終於隨著日落慢了下來，我們的心情也輕鬆多了，V 為大家在其中一條運河旁邊找到一家地道餐廳，日落的金光灑在水面，返照在每一個燦爛的笑容上……威尼斯，難怪你這麼難搞，也有這麼多人願意為你傾情。

威尼斯的日落絕對迷人——只要你抵得住大白天殺無赦的烈日的話。

旅程尾聲，大家都有點累了，尤其是經過一天的外島遊——威尼斯本島之外的三大島：熱騰騰的玻璃島（穆拉諾島，Murano）、最漂亮的蕾絲島（布拉諾島，Burano），以及古文化島（托切羅島，Torcello）。雖然貪方便參加了一個只包括三程船跟船上拆聲廣播系統介紹背景的小團，必須走馬看花，但在不人道的烈日下，我們除了拍到此一遊照，根本就不能久留，所以一切還是最好的安排。

連續兩天晚上，肥肥團團友在小島東北面，比較沒有那麼多遊客的一端，找到兩家運河旁邊的餐廳，大吃海鮮餐，然後到處走走。日落過後，運河沿岸是出乎意料的恬靜，只要你把腳步再放慢，就可以感受到微風撫摸海水的溫柔。

月光灑在運河，折射出比昏黃街燈閃亮的銀光，我們四處找雪糕，就是找不到在山城 Barga 吃過裏面有無花果果肉的那一種。

「這裏很多雪糕都是在工廠裏做的。」V 跟我們說。威尼斯是他最喜歡的意大利城市，身為意大利人的他到過無數次，連度蜜月也選擇這裏，所以他仍然可以為我們找到自家製雪糕。

甜品後大家四散，我跟 C 弟和 C 妹很想再喝一杯，隨便找到酒店附近運河旁邊一家尚未關門的餐廳，坐下來看看餐牌，竟然是要從右到左讀的，還要是希伯來文，再看到餐廳紅紅招牌上有一個「Kosher」的字（編按：希伯來語中指符合猶太教教規的食物），才知道那是一家猶太餐廳。這次我們只跟著 V 和 Z 度蜜月，大家都沒有做資料搜集，所以都不知道原來我們就在威尼斯的猶太區。

旅行越去越多，會開始不急著去玩野外定向，在有限時間之內盡覽盡遊，有時甚至一整天刻意甚麼也不計劃，由雙腿帶你走。這次的意大利之旅就是這樣，幾個陌生人的友誼就在早晨喝咖啡、做家務、找 wifi、吃雪糕、找酒店等活動中建立。大家在香港的多重身份都不再重要，一切全多得 V 和 Z

的婚禮，讓大家有機會再過一次學生時代。

我們都知道，今晚之後，此情此景將不再，但大家都沒有說出口。

最珍貴的，都不想說出口，知道大家的心裏都感受到純粹的友誼，就是最美麗的完結。

看看年月極速穿梭於心裏臉上

每每還未盡興

匆匆間趕往新方向

沒有空多想

沒有心多想

捨不得都要接受

快快行人路　閃躲中飛往月台

行囊仍未坐穩

喘息之中安撫心跳

逃過了幾劫

又或錯過了多少

From now on let's take it slow

——

〈向著陽光〉，林一峰

「blah blah blah...」我在巴黎龐比度美術館（Centre Georges-Pompidou）的書店付款時，坐在櫃檯後的收銀員低著頭，看了看我手上的書，一邊敲打鍵盤，一邊用流利的法文跟我說話，看也沒有看我一眼。

我對她笑了一笑，然後禮貌地慢慢用流利的廣東話跟她說：「對唔住，我聽唔明你講乜嘢喎。」

收銀員才停下手上的工作，抬頭看了我一眼，然後用帶有濃郁法國口音的英語跟我說：「你手上的那本是樣本，請你到剛才拿書的地方找一本有價錢標籤的。」店員不只能說英語，而且禮貌還不錯，最後更附送一個笑容。

這一招萬試萬靈，尤其是在巴黎。

「很好喔！」英國友人 N 哈哈大笑，身旁的法國妻子 MM 笑得更厲害，「大概是尊嚴的問題，如果你一開始就用英語，即是說兩方都默認了英語是世界第一語言，驕傲的法國人不會就範，現在大家平等了，就可以找到溝通的 common ground。」

語言是一件事，禮貌又是另一件事。當你走進店舖，如果沒有先主動跟店主或店員問好，就好像擅自闖進別人的家一樣。「還好我一向很有禮貌，就算我說廣東話髒話他們也不會覺得有異。」我得意地笑，然後示範一次，大家放聲大笑，不介意吵醒孩子。

N 是典型的英國人，兩邊眼角微微向下，尖尖的鼻子，恰到好處的純淨英國口音英語，十分俊朗，難怪 MM 常常看著他。我也留意到，大屋裏面的照片上全是 N 和兩個女兒，漂亮的 MM 很少上鏡。他們一起快十年了，有兩個很標緻的女兒，但最近才結婚。因為與意大利團撞期的關係，我們錯過了 N 和 MM 在布拉格舉行的婚禮，為表歉意我們特意到巴黎幾天，還到了當地的亞洲超市買材料，做了一頓正宗泰國菜給他們吃。他們住在市郊，半個小時的火車就逃過了巴黎市中心的壓力與超標生活指數，我們在大廳裏吃吃喝喝，很快就到凌晨兩點。

N 和 MM 都是教師，N 更是當地聘請的首位非法裔法文教師。雖然當地法例規定各人一週內只能工作數小時，但兩個女兒的生活起居真的夠他們忙透：每天要七時起床，數不完的課外活動，比上班還忙碌。

我們走出露台，四周靜悄悄的，完全不覺得身在巴黎，更像是世界任何一個地方，但這是我這麼多次到巴黎最開心的一次。

當然，那是因為有 K 在。

對很多中國人來說，坐在室外吃飯是「不正式」的，有瓦遮頭才可以安心下嚥，尤其是上了年紀的朋友。

巴黎的餐廳，絕大多數都會在門外放檯燈，天氣好的時候，食客一定會選擇在外面坐，室內的位置都是外面擠得水洩不通時，才會有人坐。怎樣的天氣才算好呢？只要不是狂風暴雨就可以了。

一天早上，去市中心墓園之前，我在入口附近的街角一間咖啡室提提神。天陰陰，旁邊坐了幾個當地的老人家，各自喝著咖啡。當時大概只有攝氏十五至十六度，咖啡室的露天篷篷沒有拉開來，沒有陽光，老人家也情願坐在外面。不只巴黎，基本上法國很多地方也是這樣子。

有天晚上，在巴黎近郊的古鎮，山上是亮著燈的城堡，山下是市內唯一的大街，從大街抬頭看上山很漂亮。當晚有很多星星，只是星星越多就越冷，大概只有攝氏十一至十二度吧，我走進大街的餐廳吃晚餐，順便避一避寒。踏進餐廳之前看到一個老伯伯，穿了耐寒衣服，在寒風中獨自切著牛扒、喝著紅酒。那一刻我心想，老伯伯真的很偉大、很愛自己的小鎮，愛得冒著寒冷，成全古鎮夜景。

那麼，在法國的餐廳吃飯，感覺跟香港的大牌檔有甚麼分別呢？中國人吃飯的桌子不能小，就算多缺少空間都不會對吃的位置吝嗇，法國的餐檯卻長闊各半米也不夠，很多甚至是圓形的，擠得密密麻麻，在講求私人空間的西方國家，這樣擠的用餐環境確實有點匪夷所思。而且，吃喝是法國人很重要的社交，滿街都是咖啡室跟各種餐廳，坐下來喝杯咖啡、跟朋友閒聊一兩個鐘是閒事，一頓飯隨時可以吃上五六個鐘頭，但大家竟然可以忍受這樣狹小的進餐加社交空間，真的很神奇。

我盡量都會坐在露天的位置，只是常常不自覺有一點擔心：就算當地的司機習慣了在狹小行人道上，在坐滿賓客的餐廳咖啡室的鬧市飛馳，我們可以一邊吃一邊感受城市的流動，卻怎樣能夠避開城市的塵埃呢？塵埃就落在你面前盛宴的每一杯每一碟美酒美食上，每一口都躲不過……

難怪大部分法國人都不胖。

那天在路邊餐廳，我忽然意識到一件意義很大的小事：我不是在吃東西，我是在跟 K 一起分享，享受食物。

在巴黎，K 的樣子、衣著與神態完全可以假扮當地人。

「那麼你覺得自己是甚麼人呢？」我真的很好奇。因為爸爸工作關係，德國出生，在墨西哥度過童年，中學時期在日本，大學時期在美國，畢業後在亞洲……

「有關係嗎？」K 只笑笑看著我，我們繼續愉快地吃塵。

在巴黎的最後兩天，我們繼續放慢腳步。

旅程不是這樣預計的。三十年前的我，對巴黎的印象只有鐵皮月曆上的鐵塔，月曆女郎額前的頭髮梳得比鐵塔還高；然後，是電視台播出張國榮的音樂特輯《日落巴黎》。現實是，塞納河沿岸很曬，太猛烈的陽光與太兇狠的雨水都不會放過你，在凱旋門一帶咖啡室侍應們都用身體語言說不怎麼歡迎你，工會常常罷工令社會運作受阻，凡爾賽宮外面只有人龍，裏面擠得讓你只想逃離。我以為，我不會再來巴黎。

我跟 K 只有一個念頭：到法國探望朋友，順道到巴黎走走。在凡爾賽宮關門後我們才施施然走到廣場，人潮散去後很快就天黑了，玻璃建築亮了燈，影子在水池上很漂亮。巴黎從來沒有這麼美。漫無目的地走，找到一家日本人開的拉麵店填飽肚子，我們都沒有看錶。

第二天從酒店 Mother Goose 醒來，隨便找一家街角的露天 cafe 坐下。旁邊的老伯伯看來已經風雨不改地來了這裏多年，中年侍應都跟他像老朋友一樣有一句沒一句；穿著花裙戴著墨鏡的少女在 cafe 另一邊，抽著煙看著電腦。我跟 K 沒有說話，輕鬆喝著 espresso，聽著車聲，好像一早已經習慣和享受這種舒適的安靜，也可能因為我們在暗自妄想自己是巴黎人而沾沾自喜，卻不好意思說出口。

舒服的沉默，更勝語言。

巴黎鐵塔，這次我和 K 特意一次也沒有去看，甚至遠遠的看也沒有。反正都來過這麼多次了，而且我們都有相同的旅遊概念，到一個城市，四處走走就好，發現寧靜街角裏的地道驚喜，總比看著旅遊書的介紹，去經歷預先被別人消化了的故事更有意思。

我們在初秋的巴黎一直走，一直走，走到佩爾拉雪茲公墓（Cimetiere du Pere-Lachaise，或者叫做 Père Lachaise Cemetery），巴黎其中一個最大的墳場，名稱是法文，我始終記不住讀法。

一百一十公頃的墓園，就這樣靜靜躺在巴黎的懷裏。

百年墳場，埋葬在這裏的人超過一百萬，仍然活著的故事卻絕對不止。英國傳奇文豪王爾德（Oscar Wilde）大概是這裏最著名的靈魂住客，他的陵墓與他留下來的故事一樣，第一眼讓你譁然，然後去思索所有人生的大小問題。

雕塑家愛潑斯坦（Jacob Epstein）當年受委託，為 Wilde 設計一道墳。作為一個墓，現在看來也會覺得太前衛：全裸飛行的獅身人面石像，像太空船一樣，十九世紀末屹立至今，每年吸引成千上萬來自世界各地的遊客，還要塗上紅唇膏，在他高高的墳上獻上唇印。

我想，刺激你的思想，改變你的習慣，應該是 Wilde 最想看到的事，生前死後也一樣，但他有想過到二十世紀六十年代時，獅身人面像的睪丸會被逼被切下嗎？聽說那塊石頭被墳場管理員拿去當紙鎮，現在已經下落不明。

太多愛會把你溺斃，這點 Wilde 應該還是會執迷不悔，只是後人沒有他的義無反顧。二〇一一年，政府把累積了上百年的唇印一次過洗掉，還在石像四邊架起透明膠牆。

我倒是為 Wilde 旁邊的無名墓主難過，每天被為求看真一點 Wilde 墓上細節的陌生人踐踏，而自己不可能再做甚麼，是何感覺？Wilde 跟他很可能生前素未謀面，甚至生在不同時空，只是死後就被永恆地放在一起，這個宿命誰擔當得起？

你希望自己被怎樣記住？

我跟 K 離開了 Wilde，在安詳的墓園慢慢地走。好的墓園是紀念生命的地方，不會有恐怖的感覺，卻會讓人安心，甚至安心去想超越時間的事情。我喜歡這樣的巴黎——一個珍惜過去，享受現在，讓故事繼續流傳的地方。地圖上沒有花草樹木的氣味，旅遊介紹圖片沒有途人的細語，我跟 K 沿路慢慢走著，這邊是美國唱作歌手和詩人莫里森（Jim Morrison），那邊是法國女歌手琵雅芙（Edith Piaf），波蘭和法國作曲家蕭邦在另一邊，多走一點路又見法國流行樂壇天王甘絲柏（Serge Gainsbourg）。他們離開的時間，已經遠比在世的時間長，只是，他們的故事都沒有消失。

有天，故事會結束，但有些故事不會消失。

巴黎，是為了懂得珍惜的人而存在的城市。鐵塔，留給遊客；龐比度，留給學生和嬉皮；第四區，留給尋歡的靈魂；Père Lachaise 墓園，留給我埋葬某一些起點，然後，送給將來的終點。

「將來你想埋葬在這裏嗎？」K 問我。

「你呢？」

「Why not?」

「但這裏很遠啊。」我竟然真的開始考慮。

「沒關係，反正我一輩子也是離家遠遠的。」

我放慢了腳步，完全直覺地跟 K 說：「你現在和我在一起，你已經在家了。」

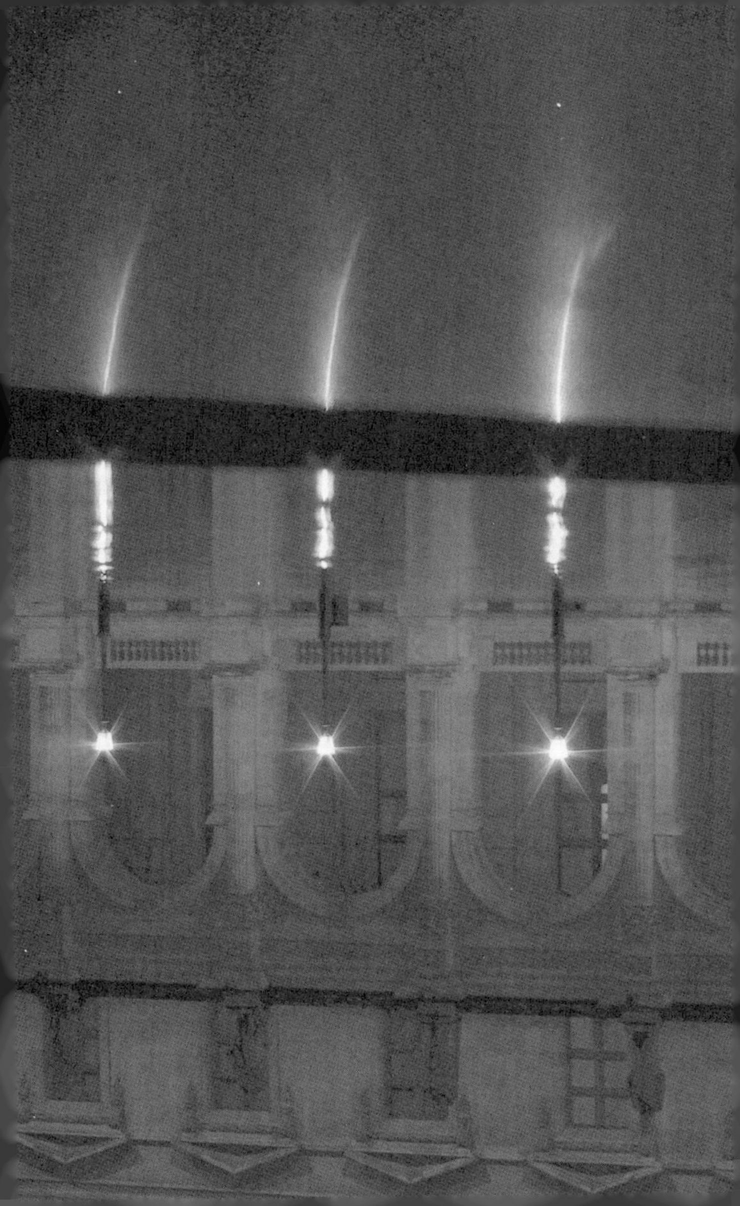

怎麼量度旅程

如你夠坦率的話

為愛堅持

再別問究竟

怎麼量度愛情

就看看你敢採摘　幾多的繁星

而這晚只得我共你

——

〈旅情〉，林一峰

TO BE C

TINUED...

為何是你，為何不是你　林一峰

責任編輯　周怡玲　／　設計　麥繁桁

出版　P. PLUS LIMITED　香港北角英皇道四九九號北角工業大廈二十樓

香港發行　香港聯合書刊物流有限公司　香港新界大埔汀麗路三十六號三樓

印刷　美雅印刷製本有限公司　香港九龍觀塘榮業街六號四樓 A 室

版次　二〇一九年一月香港第一版第一次印刷

規格　大四十八開（105mm x 165mm）二八八面

國際書號　ISBN 978-962-04-4433-3